U0091427

魔豆

魔豆

神使劇場
夢的覺醒夜
The Story of GOD's Agents
醉琉璃
著

目錄

楔子 05
第一章 11
第二章 31
第三章 53
第四章 73
第五章 97

第六章 117
第七章 145
第八章 173
第九章 197
第十章 219
尾　聲 247
後記／醉琉璃 249

楔子

假日的夜晚要拿來做什麼？

如果把這問題拿去問柯維安，他一定會挺起胸膛，用最熱情洋溢且堅定有力的語氣大聲說：

「當然是追蘿莉番啊！」

對沒有接觸ＡＣＧ圈子的人來說，或許會覺得這句話像是火星語，完全聽不懂。

用更簡單、更白話的方式來翻譯，就是——

當然是追有可愛小女生角色的動畫啊！

在柯維安眼中，小男生、小女生對他而言都是小天使；當然，他的心態很純潔正直的，絕對沒有一絲不軌的意味！

只是每當他義正辭嚴地表達自己可是紳士，都被人徹底無視，或者把那兩字再詮釋一次，就成了變態。

不管如何，此刻這名有著娃娃臉、容易被人當高中生甚至是國中生的大學生，正窩在神使宿舍，準備享受獨自一人的追番時光。

雖然柯維安很想把一刻也拉過來，順便第一百零一次地向對方灌輸小天使的美好，可惜對方回潭雅市了。

抱著特地買回來的爆米花桶，柯維安將筆電擱在腿上，整個人靠坐在床鋪上。怕音量吵到宿舍裡的其他人，還特地戴了耳機。

一切準備就緒，他深吸一口氣，雙眼發亮地按下了播放鍵。

同一時間，房間裡燈光驟暗，黑暗席捲而來。

抱著爆米花的娃娃臉男孩一臉呆懵，一時不曉得發生了什麼事。他明明按下的是播放鍵，不是燈光開關吧？

柯維安好半晌才回過神，他哀號一聲，不敢相信神使公會提供的宿舍，居然會無來由地跳電。

「可惡，浪費我和小天使見面的時間啊……」柯維安嘴裡唸唸有詞。他把筆電往旁一擱，抱著爆米花桶，打算去外面查看一下狀況。

但是當他雙腳剛踩上地板，猛地驚覺到一個問題。

就算這棟宿舍跳電了，可是……他的筆電會跟著沒電嗎？

柯維安飛快轉過頭，被他放在床上的筆電螢幕確實一片漆黑，什麼也沒有。

他心頭一跳，覺得事態不對勁，大大地不對勁！

倘若是一般筆電，剛好黑了屏他也不會想太多；然而他的筆電可不一般，他的小心肝是由文昌帝君贈送的！

無來由地……不可能瞬間就螢幕一黑。

柯維安嚥嚥口水，想著要摸黑找手機，趕緊聯絡師父問問。

只是還沒等到他摸到那支不知道被他扔到哪邊的手機，床上的筆電霍地亮起光芒，蒼白的冷光將筆電主人的臉色也映得慘白。

柯維安趕忙放下爆米花，免得失手打翻，那可就有得整理了。他屏著氣，小心翼翼地往床鋪走。

筆電螢幕被大片白色侵佔。

這與柯維安認知中的當機畫面截然不同。

正當柯維安要撈起筆電時，說時遲，那時快，白色驟消，取而代之的是無數黑白條紋在螢幕上瘋狂躍動。

有如出現雜訊的電視機畫面，從耳機裡還流洩出沙沙聲響。

柯維安差點尖叫出來，這也太像撞鬼了吧！

要不是搖搖欲墜的理智提醒著他，這是來自張亞紫的筆電，是他召喚神使武器的媒介，他還眞想拔腿衝出房間。

「要命……小心肝你到底怎麼了？」柯維安乾巴巴地擠出話，「你別嚇我啊……」

彷彿聽見柯維安的喃喃，螢幕上劇烈跳晃的黑白條紋冷不防又消失，恢復成乾淨的白底。

隨即一行黑字跳了出來。

柯維安瞪大眼。

過來……幫我……

一開始，字體出現得斷斷續續，好似打字的那人碰上了什麼困難。

找幫手……過來……幫我……

柯維安等了好一會，才確定那是一條求助訊息。他倒吸一口氣，不敢相信這彷如靈異事件的發展，會出現在他的筆電上。

那個求助的阿飄力量究竟是有多大，才有辦法剛好發訊到這台文昌帝君出品的特製筆電!?

還沒等柯維安的那口氣吸完，接下來螢幕上又跳出了一行字。

一改之前的緩慢，這行字跑得相當快，一晃眼，十幾個字接連出現。

哲學史考59分的呆徒弟。

柯維安頓時被自己吸的那口氣嗆到。他一邊痛苦地咳嗽，一邊目瞪口呆地瞪著那行無疑宣告了傳訊者身分的黑字。

唯一會喊自己呆徒弟的……就只有自家師父——文昌帝君．張亞紫！

下一刹那，所有異常消失，房間裡燈光重新亮起，還了一室光明，就連筆電螢幕也跳回到了動畫開頭。

剛剛發生的一切，猶如曇花一現的錯覺。

但是柯維安知道那才不是錯覺，回想著方才所見的那些，他再也沒有看動畫的心思。他握緊拳頭，悲憤地在深夜裡吶喊。

「哪有人在求助時還對自己徒弟做人身攻擊的！考五十九分錯了嗎？反正五十九四捨五入下也可以當作是六十了嘛！而且哲學史根本就是天書了——」

第一章

突然收到張亞紫的訊息，柯維安自然是會多想幾層的。

從哲學史分數被得知的打擊中站起後，柯維安第一件做的事就是聯繫對方，但能聯絡的管道一夕間似乎都出了問題。

這讓柯維安眉頭緊緊地皺起，事情似乎眞的不太對勁。

他果斷地再打到神使公會，得到的卻是「帝君不在」、「不清楚」、「不曉得」等模糊不清的答覆。

柯維安整張臉都皺得像吃到酸梅了。

事情不是不太對勁，而是大大地不對勁了！

原本他還以爲昨夜的僞靈異事件是張亞紫故意整他的——再過兩天就是四月一日愚人節——他的師父忽然玩心大起，也不是不可能的事。

可是眼下的發展，顯然推翻他之前的想法了。

整他歸整他，張亞紫著實沒道理鬧起失蹤。

而公會那又遮遮掩掩的，擺明隱瞞著什麼不肯說，於是柯維安心裡也有了考量。

張亞紫不會無故傳來那段訊息。

或許他能換個方向想，是不是等他找齊了幫手，就能得到下一步的線索？

柯維安的行動力素來強大，當他決定好要做的事，馬上就會開始執行。

說到幫手——

柯維安第一個想到的不是別人，當然是他的心靈之友，他的甜心、他的哈尼、他小天使萬萬歲教未來的副教主。

宮一刻。

明明是溫暖的好天氣，但一刻無緣無故打了一個大大的噴嚏。聲音格外響亮，登時引來屋內其他人的注意。

「小一刻，怎麼了嗎？感冒了嗎？」宮莉奈從客廳探出頭，那張揉合著明媚與稚氣的面容上毫不掩飾自己的關心。

「只是鼻子突然癢而已。」一刻朝自家堂姊揮揮手，「沒事，妳別擔心，看妳的電視去吧。」

「騙人，你都起雞皮疙瘩了。」宮莉奈犀利地指出自己觀察到的細節。

「妳視力未免也太好了吧？這樣都看得見？」一刻翻了個白眼，繼續不客氣地趕人，「給我坐回去。」

「不不不，身爲你的姊姊，我當然要好好關心你。」宮莉奈堅持不退後，甚至試圖上前，「小一刻，所以就讓我來……」

「給老子站住，不准動！」一刻眉毛一挑，凶惡的眼神立即如刀似地甩了出去，當場將那名長鬈髮的娃娃臉女子給釘在原地。

一刻雙手環胸，皮笑肉不笑地說，「莉奈姊，不要以爲妳能趁機溜進廚房裡。我說過什麼了？」

不管從年紀或輩分來看，都高過白髮男孩一截的宮莉奈，在面對自己堂弟的時候，卻反倒拿不出半點氣勢。

她眼神心虛地游移一下，食指不自覺對戳著，看起來就像被人抓到錯處的小孩子。

「呃，不能進廚房搞破壞……」宮莉奈小小聲地說，「可是、可是，我明明就不是要搞破壞……」

說著說著，宮莉奈也有了幾分底氣，她抬頭挺胸，理直氣壯地爲自己辯解。

「我是要下廚煮飯的啊。小一刻，你難道不想嚐嚐姊姊的手藝嗎？」

「免了，謝謝。」一刻斬釘截鐵地說，絲毫不被宮莉奈的說詞打動。他又不是傻了，想挑戰自家堂姊的黑暗料理。

說起下廚這檔事，一刻的手藝普通，但起碼他很肯定自己絕對不會焦了食物、炸了廚房——後面這點並沒有誇大。

宮莉奈就是有這個本事。

即便她難得地沒把廚房搞得一團糟，做出的料理也註定是一團糟。

「廚房殺手」這個稱號簡直就是爲她而存在的。

「好了，出去，回客廳看電視，乖。」一刻說。

「小一刻，爲什麼你這語氣聽起來像在哄三歲小孩子？」宮莉奈不滿地皺皺鼻子，投向瓦斯爐的目光充滿著依依不捨。

「錯。」一刻面無表情地說，「我是在哄一歲小孩，現在立刻離開！」

「喔……」被冠上一歲幼兒頭銜的宮莉奈乖乖轉頭往後走，但走了幾步又停下，「所以小一刻，你到底是在忙什麼啊？」

「布、丁。」一刻幾乎是咬牙切齒地擠出這兩個字，讓人輕易就能感受到他濃濃的怨念。

單憑「布丁」一詞，宮莉奈馬上反應過來——這百分之百是織女的要求。

「加油啊！」宮莉奈笑嘻嘻地說，「小一刻做的布丁非常好吃呢！」

「知道知道，會給妳準備的。」一刻說，見到自家堂姊猶然站在原地，美眸眨巴眨巴地瞅著他，他耙了耙一頭白髮，沒好氣地說，「會替妳老公留的，行吧？」

「咳咳，我和小江還沒結婚……」宮莉奈的臉頰飄上兩朵紅暈。

一刻才不想看人在這放粉紅色泡泡，就算那人是他堂姊也不行。

將宮莉奈趕回客廳後，一刻回頭瞪著流理台上的那堆東西，還有瓦斯爐上正用小火熬煮的一鍋牛奶。

織女那丫頭和牛郎度假去就算了，居然還來訊通知，趾高氣揚地表示就算自己不在

家，布丁也是不能少的。她出去玩幾天，布丁就要是那個天數的雙倍。

「還雙倍？」一刻哼了一聲，「就不怕眞的成了個胖子？」

嘴上嫌棄歸嫌棄，但一刻還是認命地照著織女的交代，將布丁先做起來。再一、兩天，那個外表像長不大的小鬼，可實際年齡都破千的丫頭就會帶著牛郎回來了。

做布丁不難，尤其一刻這些年來都被織女壓榨，早就將幾個步驟練得爐火純青。

迅速將還未凝固的布丁倒入小瓶子裡，一刻看著那柔軟的淡黃色，覺得心情似乎也稍微好一些。

至於對布丁來說很重要的焦糖……

一刻冷笑幾聲，決定要給那個老是仗著自己是神明、又是自己前世母親的小鬼一個教訓。

吃什麼焦糖，有布丁本體能吃就要偷笑了！

想到那張嬌俏稚嫩的小臉蛋「唰」地垮下來，一刻的心情立即又愉快幾分。

把裝好的布丁瓶一一放入冰箱的冷藏庫，一刻吐出一口氣，打算來整理略顯凌亂的流理台了。

沒想到就在這時候，被他擱在餐桌上的手機倏地發出響動。

那是有人用LINE打電話過來的鈴聲。

一刻隨意往上衣下襬擦了擦手，瞄了眼螢幕上躍出的頭像，接著按下接聽鍵。

「喂？嗯，在家啊……你不是說要過來？」

另一端的人又說了點什麼，一刻嘴角挑動，形成一抹不明顯的笑容。

「行了，到了就直接按電鈴吧，你又不是沒來過，莉奈姊看見你肯定會很開心的。先這樣了，掰。」

簡短結束通話，再將剩餘的清潔工作做完，一刻邁開步子來到客廳。映入眼中的凌亂桌面，立時又讓他的眉頭快擰出一個結。

用鯊魚夾將一頭長鬈髮胡亂夾住的清秀女子坐沒坐相地癱在沙發裡，看著電視上的節目哈哈大笑，前方的長桌則是擺放著吃到一半的零食、快吃完的零食、內容物已經吃完的空袋子，以及揉成一團的衛生紙。

從視覺上來看，就是亂，還是亂。

一刻伸指揉揉眉心，「莉、奈、姊。」

「哈哈哈……啊，有！」笑到一半的宮莉奈猛然回過神，忙不迭地端坐起身子，免得站在一旁臉看起來很黑的堂弟忽然變身成噴火龍。

「妳這是怎麼回事？」一刻語氣平靜，可宮莉奈從中嗅到一抹陰森森。

「咦？啊！桌子怎麼突然變這麼亂？剛剛明明還很乾淨整齊的！」宮莉奈果斷地選擇裝傻，態度誇張地喊了一聲，「該不會是小精靈偷偷搗亂的吧？」

「小妳……」一刻額角爆出青筋，但沒忘了及時嚥下髒話。

果不其然，原本還在心虛的宮莉奈已擺出不甚贊同的眼神，「小一刻，不能亂罵髒話啊。」

「我沒罵，只飆了兩個字出來。」一刻並不覺得自己有罵髒話，他從鼻子裡發出近似哼聲的音響，銳利的雙眼盯住了宮莉奈，「小精靈啊……」

「哈哈哈……」宮莉奈乾笑幾聲，編不下去了，「我我我……我待會會收拾的！真的，不騙你！」

一刻默不作聲地繼續盯著。

宮莉奈的冷汗都快被盯出來了。

半晌後，一刻終於像是被說服了，目光從宮莉奈臉上轉開，放過自家堂姊一馬。

「莉奈姊，待會我有朋友過來。」

「哎？是小染他們嗎？還是說可可他們？啊，該不會是小一刻大學的同學吧？」

「他來了妳就知道。」一刻故意賣了個關子，知道宮莉奈得不到答案就會心癢難耐，忍不住不停地猜想。

「太過分啦，小一刻……」宮莉奈不由得苦著臉。

「等妳把桌上那堆……起碼擺放得整齊一點，我就告訴妳。」一刻不立刻鬆口。

「小一刻眞小氣。」宮莉奈認命地伸長手，把隨意擺放的零食袋排好，讓桌面上整齊許多，「現在可以跟我……」

乍響的門鈴聲打斷了宮莉奈的問話，以及一刻原本想說出的答案。

這對堂姊弟對視一眼，隨即宮莉奈興沖沖地攬下了開門的任務。

「等一下，這就來了！」

宮莉奈踩著一刻特地買回來的兔子室內拖鞋，三兩步地來到大門前。

隨著門扇被打開，大把的金澄色陽光傾瀉而入，同時也將佇立於門外的纖細身影染上淡淡的金黃。

門外人露出了一抹溫雅秀麗的微笑。

「好久不見了呢，一刻同學、莉奈姊。」

□

跳下公車，迎面灑下的陽光讓揹著背包的娃娃臉男孩下意識地瞇細眼，抬手遮擋，待適應光線後，他從背包裡翻出一頂帽子戴上。

「完美！」柯維安露出一個大大的笑容。

這已經不是他第一次來潭雅市找一刻了，如今他對這裡也可以說是有幾分熟悉。雖然不到熟門熟路，但包準不會迷路。

按照記憶裡的方向，柯維安腳步輕快地走向目的地。

很快地，就看到那棟兩層樓建築物。

來這裡之前，柯維安並沒有事先通知一刻，最多是旁敲側擊過對方今日是否在家。

一來是想給對方一個驚喜，二來是倘若他先跟一刻提及張亞紫好像碰上什麼難事，公會那邊又大玩神祕主義，一刻恐怕會先按捺不住地找上公會。

如此一來，柯維安出其不意突擊公會的計畫，就會胎死腹中了。

柯維安的主意是這麼打的，他想找幾個幫手，然後迅雷不及掩耳地衝到公會直接找惠先生。

在沒有防備的情況下，對方是最容易露出破綻的。

而人選會挑惠先生的最大原因，就在於除了惠先生之外，其他的幾位部長加會長、副會長，個個心機深沉，或狡猾得活像是老狐狸。

噢，胡十炎還真的就是老狐狸沒錯，六百歲的那種。

柯維安摸摸心口，覺得自己肯定是鬥不過他們幾位的，還是該從惠先生那下手。

有了個大致的計畫，柯維安的心也沉穩許多，他重新將注意力放在待會的拜訪上。

看著就在眼前的大門，他眉眼彎彎，滿心愉悅地伸手戳按上門鈴，等著看見白髮男孩驚愕的臉。

「來了！等一下喔！」

揚高的女聲從門板後透出，伴隨著「啪噠啪噠」的腳步聲。

柯維安一聽就知道，來開門的是一刻的堂姊——雖說年過三十，但一張水嫩的娃娃臉壓根看不出眞實年紀的宮莉奈。

不曉得莉奈姊的未婚夫是不是在這邊……對於那名有過幾面之緣的金髮男人，柯維安實在不太想再和對方打照面。

那男人散發的氣質實在有些嚇人，眼神一掃視過來，他都不禁感到心裡涼涼的。

他還從蔚可可那獲得了小八卦——一刻未來的堂姊夫在高中時，還曾是令人聞風喪膽的學校老大，揍人毫不手軟，直到碰上了宮莉奈，從此圍著宮莉奈轉；就連對方的那一手黑暗料理，他也是吃得甘之如飴。

對此，柯維安得說，這果然是眞愛啊。

聽見大門開啓的聲音，柯維安將跑偏的思維全扯了回來。他擺出最討人喜歡的笑容，就等著門一開，熱情洋溢地向宮莉奈打招呼。

「下午好，莉奈姊！」

「哎？維、維安？」宮莉奈吃了一驚，緊接著轉爲欣喜，「歡迎歡迎，你好久沒來了。請進，小一刻在他房間裡，我去喊他下來。」

「啊，不用了。莉奈姊，我自己上去就好，給小白一個驚喜。」柯維安眨眨眼睛，不忘把買來的繁星市土產遞給宮莉奈，「這是新推出的小蛋糕，非常好吃，沒吃的話要記得冰起來。」

「謝謝你喔，維安。」宮莉奈想著可以幫大家泡茶，等等就能一起在客廳享用下午茶，想像畫面裡的悠閒氣氛讓她眉開眼笑。等她再一回神，就發現柯維安已經上樓去。她甚至都還來不及提醒，堂弟的房間裡還有另一位客人。

爲了要貫徹「驚喜」這兩個字，柯維安連上樓時都是躡手躡腳的，就怕製造出丁點聲響，被一刻先察覺到。

悄悄地來到了一刻的臥室前，柯維安吸了一口氣，然後舉手敲門。

「莉奈姊，妳直接進來吧。」

柯維安再熟悉不過的嗓音從門扇後飄出來。

柯維安臉上的笑容越來越大，他都想好了，當他一打開門，就要對他家親親小白說

「驚不驚喜？意不意外？」。

甜心絕對會又驚喜又意外的！

然而柯維安忘了，有句話叫作人算不如天算，以及意外總是愛踢走計畫。

門一打開，柯維安熱情的笑容還掛在臉上，但來到舌尖的台詞卻頓時卡住了。

房裡除了白髮男孩外，還有另一抹人影。

那人的打扮極好看，一身裙裝是流行的學院風格，蝴蝶結、條紋襯衫搭黃黑格紋短裙，一雙穿著黑色膝上襪的腿又細又漂亮。

但真正引人注目的，還是對方優雅的氣質，以及那張秀麗精緻的臉蛋。

綁著長馬尾的黑髮少女端坐在床緣邊，整個人就像是從畫裡走出來的一樣。

柯維安張大嘴，所有聲音都像被哽在喉頭處。他驚恐地看看陌生的黑髮少女，再看看這個房間的主人。

「柯維安？」一刻訝異地看著無預警出現的前室友，「你怎麼跑過來了？」

柯維安還是維持著一副瞠目結舌的模樣，一會後，終於擠出了聲音，他顫顫地說：

「小小小小……」

「小三小？」一刻眉梢挑高。

「小小小……」柯維安依舊宛如跳針般，重複著同一個字眼。

就在一刻耐心即將告罄之際，柯維安總算完成了組織話語的工作。他猛地蹦跳起來，嗓子拔高，像被人掐著脖子般地擠出尖高的大叫。

「小白，你居然背著我交女朋友了！說好的海誓山盟呢？說好的要和我一起熱愛小天使到世界盡頭呢？甜心你這個騙子啊啊啊！」

「騙你老木啊！」一刻直接一掌摀上柯維安喋喋不休的嘴巴，「鬼才跟你說好。」

「你好，柯同學。」坐在床邊的黑髮美少女站了起來，禮貌溫柔地向柯維安打了聲招呼。她的聲音聽起來較爲中性，若不是看本人，一時難以判斷性別，「初次見面，我是夏墨河，織女大人的部下二號。」

「唔嗯唔嗯！」柯維安在嘴巴被摀著的情況下，費力地表達出妳好妳好。

可下一秒，他的所有反應全停住了。

他瞪大眼睛，他對「夏墨河」這三個字有印象。而且現在想想，對方的那張臉……

他好像也有一咪咪的印象。

柯維安自認不是過目不忘，不過和一刻有關的事情，他大多還是能記得清楚，他迅速從回憶裡翻翻找找。

驀地，一個畫面跳了出來。

他想起來了，他確實看過夏墨河，不是面對面，而是以照片的方式。

他看過夏墨河的照片。

雖然就只有那一次，可一旦找到了記憶線索，更多的細節頓時自動湧現。

當時照片裡的夏墨河也是綁著長馬尾，穿著女裝。

對，女裝。

柯維安徹底想起來了，活脫脫像是黑髮美少女的夏墨河，真實性別是——男。

他是男孩子！

得知一刻並不是偷偷交了女朋友後，柯維安的心情指數立刻恢復正常。他笑嘻嘻地也向夏墨河打了招呼，簡單地做了自我介紹，決定晚點就跟對方交換聯絡方式，好把人拉進他們私底下建的群組。

群組的宗旨就是交換一刻的各種照片。

相信在過去的高中三年間，夏墨河估計也存有不少好照片。

柯維安善於交際，碰巧夏墨河也相當能找話題，兩人絲毫沒有陌生人初見的那種拘謹感，沒一會兒就聊在一起了。

相較之下，一刻反倒變成話少的那個。

但房裡的氣氛並不會讓人覺得尷尬，相反地，和諧得很。

聽著柯維安和夏墨河天南地北地聊著國外事情，一刻分出心思，揣測著前者忽然找上門究竟是為了什麼。

一刻不算遲鈍——除了在自己的感情上，偏偏他還毫不自知——他可不認為柯維安一聲不吭地跑來潭雅，是真的純粹想找自己喝茶聊天。

「柯維安。」一刻在兩人的談話空檔發聲，「你跑來這是要幹嘛？」

「小白，你這是質疑我對你的愛、對你的真心啊！」柯維安想也不想地便搗胸控訴，「難道我就不能因為想念你而跑啊……靠。」

柯維安表情僵住，後知後覺地意識過來，他還真不是單純想念他家親親才殺來潭雅市的。

「啊啊啊！我居然把重點給忘記了！」柯維安哀號一聲，緊接著又冷不防抓握住一刻的雙手，「媽啊，要不是小白你提醒我，我眞的要忘記我是過來找你一起幫忙我師父的！」

柯維安的師父，張亞紫。

「我操！這種事你也能忘記？」一刻的眼刀瞬間狠狠剮過去，「你是不怕帝君之後打死你嗎？」

「看在我是她唯一徒弟的份上，我覺得不會……呃，應該不會啦。」柯維安摸摸鼻子，自己都說得心虛起來。瞥見一刻緊迫盯人的眼神，他忙不迭說起事情的來龍去脈。

反正夏墨河同樣是神使，又是一刻的好友，他不認爲有什麼得要隱瞞的。

聽完柯維安昨夜經歷過的僞靈異事件，一刻抹了把臉，都不知道該嫌棄柯維安的忘性，還是該同情他在飽受驚嚇之餘，還被張亞紫冷酷無情地揭了分數不及格的黑歷史。

「總之，帝君要你找幫手對吧？」一刻皺著眉問。

「師父沒說要找幾個，不過我想人多也好辦事。」柯維安咧出一口白牙，「墨河，你要一起加入嗎？」

「聽起來很有意思。」夏墨河笑吟吟地舉起手，「請務必算上我一個。」

「你沒找曲九江？那傢伙不是也在繁星市？」一刻的問題甫出口，就見到柯維安驚恐地瞪著他。

「天啊，小白！你在說什麼？我怎麼可能會去找那個刻薄毒舌，還把絕大多數人都當渣渣看待的室友Ａ？而且在開口之前，我會先被他踹出來吧？」

嗯，一刻不得不承認，這可能性還眞大得很。

「況且，小白你可是我的甜心呢，只排在小天使們的後面，當然是先找你呀！」柯維安理直氣壯地說。

「完全不會讓人覺得高興。」一刻不客氣地大翻白眼。

「那麼，維安同學。」夏墨河說，「你打算要找幾個人做幫手呢？」

「唔嗯……」柯維安雙手抱胸，歪頭認眞思索，頭頂上的那撮小鬈毛還跟著晃了晃，「現在有我、小白、墨河，我打算再找兩個，戰隊不都是五人組嗎？」

「誰跟你戰隊？」一刻放棄翻白眼了，否則接下來他恐怕會翻得眼睛都抽筋了，

「那就蘇染、蘇冉怎樣？蔚商白不錯，但蔚可可那傢伙太天兵。不過還是得先打電話跟蘇染他們確認一下。」

萬一人臨時不在，計畫就得有所變動了。

第二章

計畫果然被迫要變動了。

一刻打過去的電話無人接聽，連打了好幾次，最後都是轉入語音信箱。

無論是蘇染的，或是蘇冉的，都一樣。

「這麼巧？」一刻訝異地看著手機，只能推測他的那一對青梅竹馬可能是人在外面，沒聽到鈴聲。

如果是手機沒電，一撥過去直接就會轉進語音。

一刻拋了記眼神給柯維安，表示他的五人戰隊要再找其他人了，不然就別想湊成。

柯維安思緒轉了轉，腦海中迅速跳出四個人選——蔚可可、蔚商白、曲九江、楊百罌。

他果斷地選擇前兩個。

先不管蔚商白，蔚可可百分之兩百絕對比另一對雙胞胎姊弟好相處多了。

一刻倒是沒什麼意見，反正想組戰隊的是柯維安。

「小白，電話你打還是我打？」柯維安問。

「有時間問我這個，不會先打嗎？」一刻斜睨了一眼過去。

柯維安馬上低頭翻找起蔚可可的電話號碼，但就在他準備撥打出去前，另一個人的手機率先響起。

躍上一刻手機螢幕的名字，赫然就是蔚可可。

這下子，另外兩雙眼睛飛快地全盯著一刻不放。

一刻自己也沒想到蔚可可會那麼碰巧先打過來，他按下接聽，還沒等他開口，清脆的女孩子嗓音如同子彈發射般一口氣衝了過來。

「宮一刻、宮一刻，你現在在哪？能不能過來啊？很重要，你一定得過來才行！」

「啊？」一刻被那段連一口氣都沒換的話給砸得有點懵，一下子反應不過來。

蔚可可的手機很快就換人講了。

「宮一刻，你還在潭雅嗎？」是蔚商白的聲音，「還是到繁星了？」

「我還在潭雅，不過晚點是要回繁星沒錯。」一刻回答，「怎麼了嗎？蔚可可她剛剛是……」

「她發神經。」蔚商白毫不留情地諷刺著自家妹妹。

透過手機，一刻都能聽見蔚可可惱怒地抗議，隱約似乎還有另一道陌生的少年嗓音。

沒有多想，一刻又問道：「你們現在在哪？今天有空嗎？帝君那邊好像出了什麼問題，柯維安來找幫手。」

蔚商白在手機裡沉默一會，才又說道：「我們在潭雅車站這邊，你們先過來吧，一些事情當面講會比較清楚。」

雖說不曉得蔚商白口中的「一些事情」指的是什麼，一刻還是應允下來，表示他們大概二十分鐘後到。

結束與蔚商白的通話，一刻剛放下手機，就被柯維安湊過來的臉嚇了一跳。

「幹！你靠那麼近幹嘛？」一刻將那張娃娃臉一把推開，眼裡淨是嫌棄。

「眞過分啊，小白……」柯維安哀怨地揉著臉，「你不覺得這張臉很可愛、很萌嗎？很容易讓你心生父愛？」

「謝謝，老子只心生過殺意。」一刻面無表情地說。

「一刻同學。」夏墨河適時出聲解救遭受眼刀子攻擊的柯維安，但他的話還沒說完，就被一刻抬手截斷。

「都認識那麼久了，就不用再加同學了吧？」一刻說。

「好的，一刻。」夏墨河從善如流地改口，黑眸裡是淺淺的笑意，「我聽見你說要去車站，所以是……」

「蔚可可他們好像碰上了什麼事，總之我也不清楚。」一刻抓了抓一頭炫亮的白髮，「蔚商白要我們過去當面講清楚，反正正好可以抓他們幫忙。」

「五人戰隊可以湊齊了！」柯維安歡呼一聲，「走吧，小白，讓我們前往邪惡的大本營，打倒大反派！」

「然後就換你被胡十炎打死了。」一刻不客氣地吐槽。

柯維安嚶嚶哭泣，剛剛揚起的雄心壯志剎那間全萎了。

向宮莉奈簡單交代他們要出門，可能今天不回來了之後，一行人就風風火火地趕往集合地點。

當然，一刻鐵定不會忘記嚴厲地叮囑：不准進廚房、不准煮任何東西，泡麵也不行。舉凡跟廚房有關的事，通通丟給江言一去處理！

從一刻家到潭雅火車站並不算太遠。

不論什麼時候，潭雅車站都是人潮絡繹不絕，出站入站的旅客來來往往。

一刻他們一路走來，收到了不少目光。

一來是因爲一刻那頭顯目又張狂的白髮，二來則是夏墨河宛如出水芙蓉般的美貌。美麗的女孩子總是人人都樂於欣賞——沒人知道他們眼前的「美少女」，其實是性別男。

一刻與蔚商白他們約好的地點是前站的側門，還隔著一段距離，他就先看見蔚商白那稱得上是鶴立雞群般的高個兒身影。

還沒等到他們走近，蔚商白亦發現了他們。他抬起頭，鏡片後的冷冽目光轉瞬便鎖定了目標。

那雙眼瞳裡的冷淡消褪，只剩超出年紀的沉穩。

「夏墨河剛好在我家，就一起過來了。」一刻簡單地解釋道：「你們這是碰到什麼事了？蔚可可人呢？怎麼沒看到她？」

「她帶人去附近晃一圈，等等就回來。」蔚商白說。

「帶人？誰？」一刻不解地問。

「你和夏墨河都認識的。」蔚商白的唇畔有著極淡的笑意。

「咦咦？所以說只有我不認識了？別這麼排擠我啊……」柯維安故作難過地抹了一把根本不存在的眼淚。

「你再囉嗦就真的排擠你。」一刻瞪了一眼過去。

柯維安馬上可憐兮兮地求饒，一雙圓滾的眼睛還迅速泛起薄薄的水氣，彷彿是被主人拋棄的小動物。

如今對柯維安的賣萌賣慘攻勢已有七、八分抵抗力，一刻冷酷地選擇了視若無睹。

夏墨河則是在心裡推敲著和蔚可可同行的那名人物的身分。

蔚商白說對方是自己和一刻都認識的，那麼肯定是高中時期曾接觸過的。尤里？

不，對方和花千穗在一起。蘇染、蘇冉也不太可能，他們倆不會忽視一刻的電話，跑來蔚可可他們這裡。

那麼，難道說是左柚嗎？

這個人名甫在夏墨河腦中成形，他不自覺中四下游移的視線驀地停在一點。他睜大眼，清雅秀麗的面容難掩驚訝。

「啊！天啊！是墨河！你回國了？」蔚可可一眼就發現站在兄長旁的幾個人，其中穿著學院風服裝的黑長髮人影頓時讓她驚喜地連連大叫，「好久不見！歡迎回來！」

蔚可可拉著身後的一人，三步併作兩步地奔向前。

一刻等人的注意力卻是全放在被蔚可可拉過來的那人身上。

那是一名約莫十四、五歲的少年，銀色的柔軟髮絲，淺藍如一泓湖水的雙眼。即便五官尚未完全長開，也依然俊俏得引人注目。

銀髮少年的打扮簡約，過白的膚色、巴掌大的臉蛋，還有長長捲翹的睫毛，讓他看起來就像一尊得要好好呵護的瓷娃娃。

「哇喔！」柯維安低呼一聲，「簡直像從二次元走出來的美少年耶！」

一刻和夏墨河盯著銀髮少年瞧，對方傳遞來的某種熟悉感，讓他們覺得自己應該是見過對方的，但翻遍記憶又找不出這抹身影。

「維安、維安，跟你介紹，這位是……」蔚可可的話說了一半，倏地又吞了回去，她朝一刻他們露出一抹古靈精怪的笑容，「宮一刻，你猜得出來他是誰嗎？」

一刻發現到銀髮少年的眼中跟著流露出期待。

一刻的眉頭越擰越緊，銀髮藍眼這麼顯目的特徵，他只在一個人……不，兩個人身上看過。

嚴格來講，那也稱不上是人，而是神祇。

淨湖的女性守護神．理花，以及她的……

「我靠！」一個匪夷所思的猜想衝出了一刻嘴邊，「理華!?」

銀髮少年的藍眼睛裡瞬間像炸開了煙花，絢爛得不可思議。

「你居然還真的認出來了？」蔚可可吃驚地瞪圓眼，「宮一刻，你也太強了吧？理華都長大了耶！」

「原來真的是理華。你好，好久不見。」夏墨河眉眼含笑地說。

「好久不見，墨河大人。」被稱爲理華的少年一板一眼地點頭打招呼，「一刻大人也是，你能認出吾眞是一件讓人非常開心的事。」

理華的目光轉向了柯維安，「你好，維安大人。帝君常常提起你，她說你是一個要讀作變態的紳士。但吾不能理解，爲什麼紳士要讀作變態？這兩個字的音明明就……」

「暫停、打住，你只要記得他是變態就行了。」一刻果斷地給了結論。

「吾了解了。」理華恍然大悟地說，他看著柯維安，認眞地點點頭，「吾會將維安大人視爲變態看待的。」

「什、什……不是啊！爲什麼我就忽然成了變態！」柯維安不敢置信，心痛無比地瞪向一刻，「小白，我明明就是正直向上的好青年，純潔得有如路邊的小白花！」

「維安，昧著良心說話會天打雷劈的。」蔚可可好心地提醒。

柯維安感覺自己的膝蓋猛然中了好幾箭，他都想給一刻和蔚可可跪了。

「那個，你叫理華對吧？你千萬別信他們的話，也千萬別誤信我師父的。」柯維安的話突地一斷，他慢一拍地反應過來。理華提到了文昌帝君，這就意味著……「你和我師父認識？難不成你也是……」

「神明」兩字還在柯維安的喉頭滾動，理華率先搖了搖頭。

「吾不能算是神，吾是……」理華小臉微皺，像在苦苦思索要如何解釋自己的身分來由。

柯維安馬上把詢問的目光對上看起來最好相處的夏墨河。

夏墨河溫和地說，「理華是理花大人以自身力量製造出的獨立分身，而理花大人則是……」

蔚可可與蔚商白異口同聲地開口，前者語氣活潑，後者聲音沉著。

「我們的神。」

柯維安終於想起自己曾在哪裡聽過「理花」這個名字了。

湖水鎮淨湖的守護神，賦予蔚氏兄妹神力，同時也是文昌帝君的好友之一。

思及自己竟然在不知不覺中又被師父給抹黑形象，柯維安頓感哀怨得不行。他苦著一張娃娃臉，直到上了列車都還是一副愁大苦深的表情。

但在繃著這表情五分鐘都沒人關愛他後，柯維安也繃不住了。

「小白……」他立即委屈巴巴地瞅著坐在他隔壁排的白髮男孩，「對前室友太冷淡的話，前室友會寂寞而死的。」

「喔。」一刻的語氣冷淡得沒有一絲起伏，「那回繁星市後，我找曲九江來關愛你。」

「咿！」柯維安一抖，忙不迭收起了所有委屈，「不不不，千萬不要！那我還寧願找里梨來關愛我了！」

就算有點風險，可起碼對方是貨眞價實的萌萌小蘿莉一枚。

「隨便你。裝憂鬱裝完了沒？」一刻手指在座椅扶手上敲了敲，「裝完就一起來說正事。」

一刻一行六人，此刻搭上了前往繁星市的列車。

座位的安排是這樣的——蔚可可和蔚商白，柯維安和夏墨河，一刻自然就是與理華同坐一排。

柯維安本來想黏著一刻不放，然而銀髮少年張著湖水藍的眸子，一聲不吭地盯著他，只差眼神裡沒有明晃晃地寫著——吾還小，你眞的要跟吾搶位子嗎？請不要跟吾搶好不好？

盯得柯維安都有種自己在欺負小孩子的錯覺。

向來都是自己在賣萌裝可憐，可這一回，柯維安覺得自己非常有可能碰到敵手了。

暫且將危機意識拋到一邊，柯維安正了正神色，重新對蔚可可他們說明起昨夜發生的怪事。

蔚可可好不容易才闔起張成O字形的嘴巴，她望向柯維安的眼神滿是同情。

考不及格還被抓出來講的滋味，她太能理解了。

「可是帝君那麼厲害，她究竟是碰到什麼難題，要維安你找幫手？」蔚可可霍地靈光一閃，她拍了下掌心，「啊，我明白了！理華過來找我們，肯定就是爲了這個！」

「哪個？」一刻聽得一頭霧水。

蔚商白不客氣地往自己妹妹頭上敲了一記，無視對方淚汪汪的模樣，他把話語權接過來，「我們是在車站碰上理華的，他說是理花大人派他過來的。」

「確實如此。」理華點點頭，小臉正經又嚴肅，「理花大人昨日忽有預兆，要吾前來此地等候汝等。她要吾盡所能給予幫助，如今看來，理花大人要吾幫的就是此事了。」

「現在最大的問題是……」一刻若有所思，「帝君到底是碰上了什麼難題？」

發現所有視線有志一同地往自己集中過來，柯維安只能聳聳肩膀，一攤雙手。他也不知道。

「總之去了肯定知道。」柯維安對這點還挺有自信，「到時候我們一起威脅惠先生就行了。我負責套麻袋，小白你們負責嚴刑逼供，有沒有很完美？根本是太完美了！」

蔚可可立刻很捧場地用力鼓掌，然後她的腦袋又收到第二記敲打了。

「哥，你把我打笨了怎麼辦？你妹本來聰明絕頂的耶！」蔚可可摀著頭，氣呼呼地抗議。

「用不著擔心，也不會比現在更笨了。」蔚商白淡淡地說。

一刻懶得介入那對兄妹無意義的紛爭，他衡量著柯維安的計畫，雖然的確挺想鄙夷的，可似乎也沒有比這更好的辦法。

但彷彿冥冥中有股力量在阻撓著一刻他們，定好的計畫都沒來得及施行，就被突如其來的變化狠狠踢翻。

一行六人才剛出繁星車站，就先聽見一道脆生生的青稚童音響起。

「歡迎搭乘里梨牌高速列車，車子要駛動了，乘客們請注意安全喔！」

什……！誰都來不及反應過來，甚至連聲音主人在哪都還沒找到，就驚見自己的腳下有黑影蠕動。

漆黑的影子有若活物，頃刻間銜接成一個圓，將一刻等人全部圈圍在其中。

下一秒，堅硬的水泥地面消失無蹤，一個平空生成的大洞將所有人吞吃進去。

往來車站的旅客無人注意到此處的異狀，就好像有一層薄膜阻擋了他們的視線。

一抹粉嫩的嬌俏人影從屋頂上跳了下來，寬長的袖子讓她的身姿如同振翅的飛鳥。

她輕盈地落在地面上，一雙紫水晶般的眸子熠熠生光。

胡里梨雙手扠腰，得意地看著把人吞吃進去的大洞。隨即跟著一躍而下，讓那片黑暗包圍住自己。

深黝色彩消褪，還原成最初的水泥地。不會有人知曉這裡曾經發生什麼事。

□

惠先生在這一天深刻地明白，何謂人在辦公室坐，災卻從天上降。

原本他正悠悠閒閒地看著報紙，喝著熱茶，吃著可向公會報帳的三層架下午茶，偶爾分出一點心思聽著部屬的閒扯淡。

卻萬萬沒想到——他準備拿起司康往嘴巴裡塞的瞬間，上方冷不防出現異響。

這細小的聲音並沒有逃過警衛部成員靈敏的耳朵，留在辦公室的眾人反射性仰頭往上看，一雙雙眼睛登時瞪得老大。

天花板上赫然開了一個黑黝黝的大洞！

其中又以惠先生的眼睛瞪得最大。只不過他那雙黑底白瞳的特異雙眼被墨鏡遮住，沒人能知道他內心的波濤洶湧。

惠先生簡直想罵髒話了。

但他醞釀好的字詞通通都來不及衝出，因爲黑洞裡砸下了人。

撲通撲通，宛如在下餃子似的，一條條人影接二連三地從黑洞掉了下來，最開始的兩個還不偏不倚地砸在惠先生身上。

重力加速度，差點把惠先生的一口氣都給砸沒了。唯一值得慶幸的是，他還沒把司康塞入嘴裡，否則估計就要被司康順道噎死了。

「老惠！」

「惠先生！」

留守辦公室的幾人心急地大叫，可還沒等到惠先生感動著部下果然很關心自己這個上司之際，幾名警衛部的成員把沒說完的話繼續喊了出來。

「還有氣嗎？能喘嗎？」

「快快快！快趁機把他的下午茶沒收！」

「要吃也該是我們這些年紀小的吃，他也不怕吃這麼好，血管阻塞。」

「還有高血壓、心臟病！」

幾名大男人你一言、我一語地說，只是字裡行間絲毫感受不到丁點同事愛。要惠先生來說，這些混蛋壓根就是嗅到血腥味的鯊魚，一逮到空隙立刻就擁上前，毫不留情地——爭奪他的下午茶！

惠先生想破口大罵，然而腰椎上的疼痛讓他的斥喝最終只能轉成痛苦的呻吟。

「哈囉，惠先生你還好嗎？」柯維安屏持著愛護老年人的想法，問了一聲。

「你從我身上現在立刻馬上滾下去，我絕對就更好了！」惠先生氣得額際青筋突突跳動，手指尖似乎有黑色火絲繚繞。

為免自己的同伴啥事都還沒幹，就可能被黑火追著跑，一刻眼疾手快地把柯維安從惠先生背上扯了下來，不忘鄭重向惠先生道個歉。

「抱歉，惠先生，我們也沒想到會掉到這裡。」

「里梨送你們過來的？」吃著鹹派的成員一號問。

「欸，有個眼生的小朋友！」吃著起司蛋糕的成員二號驚訝地說。

「等等，他身上的味道好像挺特殊的？」吃著水果塔的成員三號瞇細眼睛。

「還有位漂亮的美少女！」吃著馬卡龍，年紀輕輕的單身成員四號欣喜地嚷。

「管他什麼小朋友、美少女……你們這幾個……」背上失去重壓的惠先生翻了個身，看見自己的點心三層架幾乎快變空蕩蕩的架子，怒沖沖地釋放出上司的威壓，「通通給我回自己的位子上！不然下個月的薪水全砍一半，包括下午茶津貼也沒你們的份了！」

「說得好像現在就有我們的份。」

「老惠，你自己吃獨食實在很過分。」

「論堂堂警衛部長爲何會小氣至此？這究竟是人性的沉淪，還是道德的喪……」

有如詠嘆調的句子驟然被吞了尾巴。

扶著自己腰桿站起的惠先生不知何時摘下了墨鏡，那雙蒼白的眼珠子盯得人膽戰心驚，更別說他還扯出了一抹陰惻惻的笑容。

當了惠先生下屬這麼多年，幾人瞬間明白了對方的意思。

——明天開始，你們沒點心吃了！也沒茶喝了！只准給我喝白開水！

就看到幾名大男人隨即像被霜打過的茄子，一個個都蔫了，再沒先前搶奪上司下午茶的凶狠勁。鯊魚全成了小蝦米。

教訓過部下的惠先生戴回墨鏡，就算腰背痛得要命，還是死撐住一個部長該有的強大氣場。

柯維安好心地說，「惠先生，撐不住就別撐了，你的腿都在抖了。」

「還不是你這個臭小子害的！」惠先生一聽他提起就越發火大。他板著臉，拉了椅子坐下，假裝自己還是很有氣勢，「說吧，里梨把你們丟來我們部幹嘛？要打雜嗎？」

「還是倒茶？」

「幫我們捶背按摩？」

「夠了！你們眞把這裡當老人院嗎？」惠先生扭頭衝著那幾個又冒出頭的部下喝斥道：「自己老就別牽拖到我身上！」

「放屁，老惠你明明才是最老的那個……」有人小聲地叨唸道，一察覺上司似乎要變身成噴火龍了，連忙縮回腦袋，裝作什麼事也沒發生。

惠先生揉著抽疼的太陽穴，墨鏡後的雙眼逐一掃視這群被胡里梨強制送來的客人。很快他就注意到有兩張陌生的面孔。

「多了兩個沒見過的小朋友……」惠先生狐疑地打量起綁著長馬尾的黑髮少女，以及銀髮藍眼的白皙少年。隨即他眼一瞇，發現了不尋常之處，「等等，那個銀頭髮的小朋友，你的身上……你不是人類吧？」

假裝自己在認眞工作的警衛部成員們紛紛豎起了耳朵，八卦之心是不分年紀的。

「吾是淨湖守護神的分身。」理華上前一步，「吾名爲理華。」

「淨湖守護神……」惠先生覺得這稱呼似曾相識，「啊，帝君的朋友，湖水鎭的那位無名神，對吧？」

「是的。」理華嚴肅地點點頭。

「那麼，那位又是……」惠先生的視線移往夏墨河。

「我是夏墨河，織女大人的部下二號，與一刻他們是高中同學。」夏墨河掛著淺笑，簡單地介紹了下自己。

惠先生恍然大悟，原來對方也是織女的神使。

「惠先生，客套話就先省略了。」柯維安說，「我師父呢？我們有重要的事情找她，非常非常重要。延誤的話，很可能會造成世界末日，並且讓所有的青少年少女都陷入早戀的危機當中！」

一刻抹了把臉，覺得這話一聽就知道是在唬爛，要是有誰相信的話他就……

「什麼？真的假的!?那可不行！」惠先生猛地站起，顧不得拉到肌肉的腰部在發出抗議，那張被墨鏡遮去三分之一的臉孔難掩緊張，「我家小窈絕對不允許早戀的！」

……他就把織女的布丁全部吃光。

一刻怎樣也沒想到，這麼扯的謊言居然還真有人相信了。

第三章

帝君去哪裡了？

惠先生不知道，在他認知裡，張亞紫前幾天有事先回天界一趟了。

「咦咦咦？但我前天都還有看見我師父啊！」柯維安吃驚地說道。

「喔，那個是分身啦。」惠先生解釋，「我的意思是，帝君本尊回天界，留了一縷力量分身在公會裡幫忙坐鎮。不過她現在在哪，我指的是分身，我就不清楚了。」

柯維安迅速與一刻他們交換一記眼神。

假如張亞紫的本尊確實先回到天界，那麼換句話說，碰到困難的就是力量分身了。

這是一個還無法證實的猜想，必須先找到張亞紫才行。

「雖然我不知道，不過其他人或許會知道。」惠先生摸著今早才剃掉鬍碴的光滑下巴，「例如紅綃啊、紅綃啊、紅綃啊。」

「你說的都是同一人耶，惠先生。」蔚可可糾正道。

「重要的事要說三遍，懂嗎？反正你們去找她就是了。」惠先生把一群小朋友趕了出去，「記得注意人身安全，小心別被人拖進實驗室。」

惠先生這番話倒也不是危言聳聽。

全公會的人都知道，開發部的那群傢伙都是熱愛實驗的神經病，最喜歡有人自動送上門當他們的實驗體了。當然，他們也很熱愛強制把人拉來當實驗體。

無論如何，就是珍愛生命，遠離開發部。

既然從惠先生那邊得不到任何有用的情報，那麼前往開發部是勢在必行了。

畢竟身為帝君狂熱粉絲的紅綃，是最可能知道張亞紫行蹤的人。

「灰幻不也算是帝君迷弟嗎？」一刻提出了意見，「找他應該比較安全吧？」

「身體上的安全是肯定的，但心靈就不一定了。」柯維安搖搖手指，「甜心啊，你忘記灰幻那張嘴啊，厲害起來就和他的開車技術一樣。」

曾有幸體驗過的一刻頓時臉色轉青。

一言以蔽之，灰幻的駕駛技術就是粗暴、狂暴，以及凶暴。

「而且……」柯維安提出更重要的一點，「灰幻頂多是忠實迷弟，紅綃則是瘋狂粉絲的那種，巴不得能將偶像的作息都掌握在手裡。所以想知道師父去哪了，還是問紅綃比較可能知道答案。」

「在去開發部之前，我有個疑問。」蔚商白忽地開口，「爲什麼胡里梨會那麼剛好出現在車站？」

「對啊，爲什麼呢？」甜甜的嗓音問道。

卻不是來自一刻他們一行六人之中。

「里梨！」對這嗓音最爲熟悉的柯維安抽了一口氣，忙不迭仰頭追尋發聲來源。

果然就在天花板一角，有顆粉紅色的腦袋從黑影中探了出來，綁成兩束的粉紅髮絲順應地心引力地垂下。

「哈囉，維安。」胡里梨先朝柯維安揮揮手，紫水晶般的眸子再瞥向蔚商白，稚嫩的小臉蛋微微泛紅，對方的那張臉碰巧是她的好球帶，「咳嗯，里梨我啊，是來幫你們的。」

「幫我們？」蔚可可茫然地眨眨眼，「可是我們剛剛……被砸到警衛部去了耶。」

「那是不小心失誤，絕對不是因爲惠先生倒茶時潑濕了里梨我的雜誌的緣故。」胡

里梨一本正經地說。

曾跟胡里梨接觸過的幾人都聽得出來，這分明就是此地無銀三百兩。

「那妳還會再不小心失誤嗎？」理華展現求知欲地問，「如果妳再失誤，那吾就要拒絕由妳來傳送吾等了。一刻大人他們的安危，豈能如此當作兒戲？」

「沒禮貌，里梨我才不會再失誤的！」胡里梨被激出了脾氣，氣呼呼地嚷。她舞動著一雙小手，無數黑絲從她所在的黑影內抽出，迅速飛向了下方六人。

這一次，一刻他們不再是以自由落體的方式被傳送到另一處。

當他們眼前黑暗驟消，映入眼中的赫然便是開發部——旁邊的廁所。

「里梨啊！」柯維安哀號一聲，「妳就不能傳送到比較準確的位置嗎？」

「很準確啦，就在開發部隔壁呀。」胡里梨的童音從女廁傳出，「里梨我想上廁所不行嗎？」

「啊，這麼一說，我也想……」蔚可可舉起手。

「去就去，這種事妳還想跟誰報備？都幾歲了？」蔚商白淡淡掃了一眼過去。

「永遠青春無敵十八歲！」蔚可可比了個ＹＡ的手勢。然後得到自家老哥更爲冷漠的眼神。

蔚可可縮了縮脖子，不敢再耍寶，以免眼神再演變成關愛智障版的，她一溜煙地跑進女廁。

與此同時，夏墨河也表達出他想解決一下生理需求的意見，隨後走進了另一端的男廁。

「我忽然覺得我好像忘了什麼……」一刻微皺眉頭喃喃地說。

「例如甜心你的眞愛其實是我之類的？」柯維安興致勃勃地問。

「一刻大人的眞愛是綳帶小熊才對，非是你。」理華糾正道。

「我想你忘的是，夏墨河身上穿著什麼。」蔚商白慢條斯理地開口。

「他穿的不就是女……我操！」一刻臉色瞬變，「他穿女裝進去男廁，萬一裡面有人不就……」

一刻的擔心刹那成眞。

驚恐的喊叫猛地從男廁裡爆出來，緊接著是三條身影像炮彈般衝出，宛若被什麼妖魔鬼怪追著。

「喵喵喵！有女孩子！」

「女生跑進男廁了喵！」

「好可怕啊喵！」

三名頭頂貓耳、屁股後還有一條貓尾巴的小男孩，一臉惶惶地跑了出來，三雙圓滾滾的眼睛裡寫滿著驚慌失措，甚至貓尾巴末端炸起了毛，顯得蓬鬆鬆的。

「甲乙、丙丁、庚辛！」柯維安立刻喊道。

三名貓男孩同時轉過頭，下一秒他們跑上前，抱住了一刻的大腿不放。

「一刻大人，有女孩子！男廁所有女孩子！」

「嚇死貓了嗚嗚嗚……」

「被看光了喵！」

三雙淚汪汪的眼睛瞅著一刻，耳朵尖還時不時地抖動一下。

一刻被這可愛的畫面撩得心都發癢了，差點沒忍住衝動，想盡情地擼一把他們三人的貓尾巴和耳朵。

「這……這太過分了……」早做好貓妖三兄弟投懷送抱準備的柯維安被晾在一邊，兩隻手臂還是大張的姿勢，「不是應該跟我哭訴的嗎？甲乙、丙丁、庚辛，你們怎麼能拋棄我，改投入小白的懷抱！」

「喵，維安是變態。」穿著紅衣服的甲乙說。

「帝君交代過要遠離變態。」穿著黃衣服的丙丁說。

「所以當然要遠離維安你喵喵。」穿著綠衣服的庚辛說。

柯維安的一顆少男心都要碎成一地玻璃渣了。

「男廁也有變態！」甲乙連忙告狀，「會進去男廁的女孩子肯定也是變態的！」

「咳，不，他不是……」一刻差點被「變態」兩字嗆到。他從來沒想過有一天，會聽見這兩個字被用來形容夏墨河。

「她偷看我們上廁所！」丙丁急得紅了眼眶。

「汝等公會裡竟然有這樣的變態嗎？」理華張開手，細細的水流平空浮現，「需要吾去幫忙嗎？」

「她才不是公會的人。」庚辛辯駁，「我們公會的變態就是維安、副會長而已。」

「明明還有老大啊。」柯維安小小聲說，「而且說過多少次，我是紳士、紳士。」

「行了，你們都別吵了。」一刻被弄得一個頭兩個大，他抓下緊抱著自己大腿的三隻小貓妖，順便遞給理華一抹制止的眼神，「他們說的是夏墨河，不是你以為的有新的變態潛伏在廁所裡。」

「墨河大人？」理華吃了一驚，水流轉瞬消失，「既然是墨河大人，吾不懂他們為何要如此大驚小怪？」

「因為我穿的是裙子吧。」柔和的聲音適時傳來。

上完廁所的夏墨河由男廁走出，他朝三名貓男孩揚起溫雅的笑弧，後者像是受驚地一縮，全體躲至了一刻身後。

「抱歉，嚇到你們了。雖然我穿的是裙子，但我是貨真價實的男孩子喔。」夏墨河說，「如果不相信的話，要不要我……」

「給老子住口！」一刻鐵青了臉，迅速截斷夏墨河的話。

用膝蓋想也猜得出來，夏墨河估計要說的是「我可以掀開裙子證明給你們看」。靠杯啊，這種兒童不宜的話就用不著說出來了！

三隻小貓妖震驚地看著據說性別是男的黑髮美少女，「喵喵喵？男的？」

「世界上有一種人就叫僞娘，就像墨河這樣。」柯維安說，「甲乙你們可以儘管放下心，然後投入我的懷抱吧。」

對於柯維安說的，貓妖三兄弟多少還是相信的。他們看看夏墨河，又看看柯維安，隨後……

有如三條敏捷的小閃電竄離現場。

只能抱得滿手空氣的柯維安垮下一張娃娃臉。

蔚可可從女廁出來的時候，就瞧見柯維安一臉哀怨，只差沒蹲在地上畫圈圈了。

「怎麼了？我錯過什麼了嗎？」蔚可可一頭霧水地問。

「什麼都沒有。」蔚商白和一刻同時開口。

蔚可可也沒多想，那雙圓滾如小鹿的眸子一轉，「里梨呢？我以爲她先出來了。」

「沒看到，也可能她隨便開個通道跑了。」一刻三言兩語地帶過，他實在不想再糾結於廁所的話題上了，「柯維安，該去開發部了。你起不起來？不起來的話……」

「起起起！」柯維安迅速蹦跳起來，連頭上的那撮鬈毛也拚命地強調存在感，「小白，我們走吧，希望紅綃的睡眠有充足。」

萬一開發部部長失眠多日，那麼本來就和神經病差不多的她，就要變成恐怖的神經病了。

彷彿聽見柯維安的祈求，開發部原先閉闔的金屬大門驀地自動開啟。

一名留著一頭桃紅髮絲，五官妖媚的女子就倚立在門口。她的膚色白得似玉，姣好曼妙的身材以稱得上暴露的紅紗包裹，最外只套了件白色長袍。那雙微瞇的淺紅眼睛則好似天生就帶著繾綣柔情，令人不由自主地想跌進溫柔鄉裡。

這名走在路上只要是男性都會忍不住想回頭看的妖冶女子，便是開發部的領導者，同時亦是令神使公會上下聞風喪膽的瘋狂實驗家。

「太慢了，奴家等得都要打瞌睡了。」紅綃嗓音甜如蜜，像是要透過毛孔絲絲浸滲入聽聞者的皮膚底下。

「等？」夏墨河沒有錯過這個關鍵字眼，「那名粉紅頭髮的小女孩果然是特地帶我們過來這的？也就是說，你們早知道我們會過來？」

「重點抓得挺好。」紅綃似笑非笑地彎著唇角，「奴家知道你是誰，織女大人的另一位神使。你是柯維安找來的幫手之一，對嗎？」

「啊！紅綃妳果然知道我師父怎麼了？」柯維安急急地衝上前，「所以師父到底是發生什麼事了？爲什麼昨夜要用那種方式……還有你們爲何要隱瞞……」

「錯。」紅綃伸出一根皎若凝脂的手指，輕易就抵住柯維安的額頭，阻止他再上前，「惠先生是眞不知道。」

「那灰幻呢？灰幻還掛我電話！」

「他跟范相思度假去了，掛你電話算對你客氣。」

「噢……」柯維安摸摸鼻子。以灰幻的性子來看，只掛電話眞的是相當客氣了。

「你們幾個直接進來吧。」紅綃收回手指，衝著一刻等人微抬下巴，「別擔心進來會被解剖，起碼今天沒心情做這個。」

一刻嘴角抽了抽，不想吐槽這話聽起來更不保險了。

「一刻大人不用怕，吾會保護好你。」理華認眞地握拳說道，眸底是堅毅的光芒。

一刻被那老成的模樣逗笑，他伸手揉了那頭柔順的銀髮一把，隨即跟著紅綃邁步走

進平常壓根不想靠近的開發部領域。

紅綃帶領眾人繞過辦公室區，直接彎進了一個小房間。

裡頭有多名穿著實驗白袍的開發部人員，還有讓一刻他們意想不到的身影。

「蘇染、蘇冉？」一刻愕然。

「班代？」柯維安拔高了聲音。

「哎？沒有曲九江耶。」蔚可可訝異地東張西望，接著目光定在另一端，「老大？萬里學長？」

「很高興有人注意到我們了。」穿著格紋襯衫、戴著眼鏡的俊秀青年微微一笑，狹長的墨色眼眸溫煦如三月春風。

但凡是知悉他性子的人，就會知道神使公會副會長的心切開來根本就是黑的。他可是比身爲妖狐的胡十炎還要更像狡猾的老狐狸。

「嘖嘖，可真沒禮貌。如此英明神武的本大爺就在這裡，你們居然有辦法忽視？」青稚的小孩子聲音旋即響了起來，帶著與生俱來的傲慢。

「那當然是因爲老大和狐……咳，副會長的臉，我們看太久都看膩了，才會先注意到其他人。」柯維安隨口就是一番胡扯，「這就好比是……」

「嗯？好比是什麼呢？」安萬里笑得和煦。

「哈哈哈，沒什麼、沒什麼……」柯維安乾笑幾聲。他都看到安萬里的身邊有黑氣隱隱冒出了，他又不是傻，敢眞的再嘴炮下去。

一刻卻沒心思去關注公會的正副會長。

瞧見自己再熟悉不過的相似人影坐在椅子上，歪著頭、雙眼閉闔，彷如睡著一樣，他立即一個箭步衝上，眼裡是要滿溢出來的焦灼。

「喂，蘇染、蘇冉！」

容貌極爲相似，一看就知有血緣關係的黑髮男孩和長辮女孩對外界的聲音毫無反應，那兩張精巧的臉龐此時更像是戴上了面具，連一絲起伏波動都沒有。

不單是蘇染、蘇冉，包括坐在另一邊的楊百罌亦是相同情況。

五官明艷、氣質冷冽的褐髮女孩看起來也像失去了意識，眼下的一點淚痣不復平時的惑人，反倒增添了一絲脆弱之感。

「怎麼回事？他們陷入昏迷了？」夏墨河難掩吃驚。

「確實。」理華走近觀察，眉宇擰出一個結，「吾感受不到他們的意識，簡直像只剩軀殼留在此處。」

「咦？這聽起來不是超糟的嗎？」蔚可可驚慌失措地嚷，「哥、哥，怎麼辦？」

「我猜，這必須問知情人士了。」蔚商白面無表情，語氣有種抽離情緒的冷漠。

下一秒，一刻霍地轉身，凶氣四溢的雙眼像利刃釘住那幾名可能的知情人士，「胡十炎、安萬里、紅綃，這靠杯的是怎麼回事？蘇染他們怎麼了？老子現在就要知道！」

「冷靜、冷靜。」面對白髮男孩狠戾的質問，胡十炎還是漫不經心的態度。他一彈指，身後頓時冒出一張皮椅，將他矮小的身軀穩穩地承接住。蹺起雙腳，他扯開一抹弧度，「他們只是先進去幫帝君。」

「幫、幫師父？」柯維安驚疑地問，「老大，這究竟是怎麼回事？就拜託你別賣關子了！」

否則他家小白可能會抓狂拆了這裡的！

「本大爺沒賣啊，我不是說了原因了？」胡十炎手支著臉頰，拖長的尾音透著一股子慵懶。

一刻冷了臉，拳頭攢緊，橘色的神紋在他左手無名指上瞬現，並且有延展的跡象。不消多久，那代表力量大小的紋路就會遍布在他的整條手臂上。

紅綃可不想要見到有個半神把自己重要的實驗室破壞大半，「帝君的意識被困在森羅小世界裡，她只來得及發送兩則訊息，一則是給奴家，另一則就是給她的那個呆徒弟。」

「嘿，別在這時候人身攻擊好嗎？」柯維安表達抗議，同時紅綃提到的森羅小世界一詞觸動了他的記憶，「森羅小世界？我好像聽過……啊！不是吧？所以你們眞的搞出來了？」

「柯維安？」一刻的目光馬上鎖緊娃娃臉男孩。

「小白，我是聽師父說的。」知道一刻的擔心，柯維安急忙說明，「那是一款他們想要開發的遊戲。」

「遊戲？」一刻全然沒預料會聽見這兩個字，「所以你的意思是，蘇染他們現在在一個遊戲裡面？」

「就是這樣。」胡十炎像欣賞夠這一片混亂，終於大發慈悲地接過話語權，「把你們的擔心都收起來，既然敢讓那幾個小朋友進去，就表示我們做好了安全措施。森羅小世界簡稱森羅，簡單來說，就是要給公會的人用來做特訓的。」

「老大，平時的特訓已經很夠了耶。」柯維安一臉哀怨，「你到底是想把人操練到什麼程度啦……」

「到你們爬不起來吧。」胡十炎露出天眞無邪的笑容，說著一點也不天眞的話。

幾乎是本能地，在場眾人反射性背脊一涼。

「你這樣不還是在嚇唬他們嗎？別欺負我可愛的學弟妹哪。」安萬里微微一笑，「不然我也會生氣的。」

「不知道爲什麼，從狐狸眼的口中聽見可愛的學弟妹，比聽見老大說要把我們操練得爬不起來還要恐怖。」柯維安和一刻咬著耳朵。

一刻完全同意這個看法。

「我來解釋得詳細一點吧。」安萬里說，「森羅是開發部和帝君一起研發出的遊戲，玩家的意識能夠被投放入裡面，展開截然不同的體驗。你們可以把森羅當成一個虛擬小世界，在裡頭經歷的一切都是栩栩如生，但終究只是幻覺，不會反饋到玩家身上。

意識回歸後，只會覺得像是作了一場夢。」

「原本開發這個，是爲了讓大夥磨練意志，毋須擔心會對身體產生過大負荷。」紅綃接著說，「但奴家也沒想到突然出了一點ＢＵＧ，反倒把帝君的意識困在裡面，並且還暫時性地抹掉了帝君的記憶。」

「妳是說……師父她失憶了⁉」柯維安不敢置信地倒抽一口氣，「不、不是吧？那假如我們進去森羅裡面的話，要怎麼接近她？」

「這就是帝君爲什麼會傳訊給你了，柯維安。」胡十炎似笑非笑地說，一雙金眸猶如詭譎的焰火，「身爲人家的弟子，就該努力用愛喚回師父的記憶呀。」

「在喚回前，我更可能被她踢飛出去吧。」柯維安垮著臉，覺得這可能性太高了。

「啊，是嗎？可能吧。」胡十炎的表情擺明就是幸災樂禍。

「那蘇染他們又是怎麼回事？爲什麼他們會先進去？」一刻陰沉著臉。

「當然是奴家通知他們過來的，奴家先替你們找好幫手了。」紅綃塗著艷色的指尖忽地往空中一劃，霎時無數細細紅線平空浮現在蘇染、蘇冉，以及楊百罌身邊。

一刻他們可以清楚地看見，有部分紅線甚至貼附在三人的皮膚表面，乍看之下如同已經鑽入至底下。

而更多的絲線絞繞在一起，好似一條條粗大的電線，朝著另一個方向延伸出去，直到消失在另一端。

「那邊是帝君和森羅主機的所在地。至於這邊，奴家是利用自己的線，讓他們的意識進入。」紅綃的手指繼續舞動，更多絲線從她面前的虛空中湧出，像是活物般圍繞在一刻他們周邊，「待會你們也會用同種方式進入森羅。」

紅綃甜如蜜的嗓音尚在空氣中打旋，所有絲線轉瞬就貼上了一刻等人身軀，將之往下拉，讓他們跌坐進不知何時出現的座椅中。

除了蔚商白以外。

「哎哎哎?我哥爲什麼沒有?」蔚可可驚訝地瞪圓了眼，「他戰力很強耶!」

「人數過多，客滿了。」胡十炎負責回答這個問題，「你們也不想讓還不完全的森羅負荷過重吧?」

「那要不我跟……」蔚可可很想進去森羅看看，但她也明白自己的實力尚比不上自家兄長。

「相信本大爺，比起男孩子，帝君會更喜歡女孩子的。」胡十炎慢吞吞地說，「就讓那個蔚家小朋友跟我一起欣賞夢夢露的特別篇吧。」

「或者是蒼井索娜的再錄集。」安萬里笑咪咪地提出了另一個意見。

一刻發誓，自己從好友那張漠然得像沒有情緒波動的臉孔上，看見了「我選擇死亡」這幾個大字。

「哥，你要堅強地撐住。」蔚可可忍不住都想爲兄長掬一把同情淚。不過很快地，就換她要給自己一把同情的眼淚了。

因爲蔚商白皮笑肉不笑地說：

「放心，我會趁這段空閒幫妳多找一些要考全民英檢高級的講義，清明連假非常適合妳慢慢做完它們。」

蔚可可一張臉嚇得花容失色了。

「小無名神，請放鬆一點，不然你的神力會和奴家的力量互相抵抗。」紅綃提醒。

聞言，理華吸了一口氣，壓制住自己碰上妖力就蠢蠢欲動的神力，「吾可以了。」

見五人準備就緒，紅綃開始做起最後的交代。

「你們的年齡會倒退回到高中時期。」

「記得留意手機的提示。」

「請不要讓森羅裡的NPC角色發覺不對勁，免得讓他們產生混亂，催生出更多BUG。」

「只要讓帝君回復記憶，就能結束，脫出森羅。」

「噢，還有不是很重要的一點。」

「出BUG的時候，似乎不小心也把其他妖怪拉進去了。至於妖怪裡有沒有瘴，就要你們自己多注意了。」

放屁！這他媽的才是最重要的好嗎！

一刻的破口大罵還來不及衝出，眼前已猝然一暗，意識跟著一黑——

一切都被切斷了。

第四章

帶著熱度的日光照耀下來，爬上了床上身影的臉頰，進而來到眼皮位置。

逐漸升高的溫度讓那人眼睫無意識地顫了顫，緊接著一雙漆黑眼睛猛地張開。

一刻反射性坐直身體，映入眼中的景象讓他不禁張大了眼。

這裡不是開發部的實驗室，這裡是他在潭雅市的房間！

一刻絕對不可能會認錯自己的臥室。

四周的粉紅色牆壁、窗簾，以及多種裝飾，還有擺放床邊的大小絨毛玩偶，都是這些年來他熟悉得不能再熟悉的。

而他掛著繃帶小熊和多串串珠吊飾的粉紅色手機，正擺在前方書桌上。

也就是說……自己已經進入了森羅小世界這個遊戲裡面了？

那其他人呢？其他人難道是在各自家裡醒過來嗎？

驀地想起紅綃曾說過的「記得看手機提示」，一刻連忙下床。他雙腳剛一踩到地，異於平常的視差頓時讓他愣了愣。

感覺上，看出去的視線高度好像矮了一些些……簡直像自己的身高縮水了？

當這個念頭閃過一刻的腦海，他下意識低頭看向張開的雙手。

那雙手比他記憶裡的還要再小一點，手指也更爲細白。

他的手也變小了。

一刻茫然地盯視了好幾秒，隨即才反應過來，自己恐怕就是如同紅綃所說的，年紀回到高中期。

他猜，估計是高一吧？

從大學生變爲剛升上高中的小高一，一刻心裡倒沒感到太大的異樣。冷靜下來後，迅速接受了這個設定。

比起進入亂七八糟的詭異世界，潭雅市對自己而言簡直是再親切不過。

將房間大致檢查一遍，確認沒有任何異常，一刻大步來到書桌前滑開手機螢幕。

被強迫換上織女照片的手機桌面，不知何時多出了一個一刻從來沒見過的ＡＰＰ。名字叫作「看我」。

內心吐槽著程式開發者的取名能力，一刻點開了「看我」，一個訊息頁面馬上跳了出來，一行鮮紅大字就出現在畫面正中間。

前往特定地點找到夥伴。

「還眞夠像遊戲……」一刻喃喃地說，緊接著便意會到自己語誤，他抹了一把臉，「幹，都忘記了，已經是在遊戲裡了。」

既然有了提示，那麼接下來的方向就很明顯。

要想辦法找到柯維安他們。

至於所謂的特定地點，一刻猜測，也許就是對方的家或就讀的學校之類？

倘若眞如自己所想，那麼去利英高中應該一口氣可以撈到好幾個，例如蘇染、蘇冉、夏墨河。

不曉得蔚可可這時候是在利英還是湖水高中？

一刻吐出一口氣，如果可以的話，他還眞希望這個世界也有蔚可可來利英高中當交換學生的設定，起碼能省下一趟跑去湖水鎮的工夫。

將手機隨意塞進褲子口袋，一刻穿上有兩隻兔子耳朵的室內拖鞋，打算先去解決人生中非常重要的生理需求。

走進廁所的一刻順手帶上門，掀開馬桶坐墊，準備掏鳥放水的一瞬間——

他沒掏到他的鳥。

一刻呆了呆，伸手下意識地再一掏。

還是什麼都沒有。

一刻低下頭，大腦一片空白。

啊，真的什麼也沒有。本來該有鳥的地方，如今變得平平坦坦。

然後再往下……再往下就是……

下一秒，悲憤的怒吼響徹了整間屋子。

「幹幹幹！幹恁老師啊——」

隨著一刻的怒吼爆發出去，緊接而來的就是焦急的喊叫傳來。

「一刻，怎麼了？發生什麼事了，小一刻？」

還沒等一刻從衝擊和憤怒回過神來，這間屋子的另一名主人就已風風火火地衝上二樓，以猛烈的力道破門而入。

「小一刻！」

「砰」的一聲，廁所門被人自外打開，一頭長鬈髮胡亂用鯊魚夾夾起的娃娃臉女子滿臉焦灼，一雙瞪大的美眸和下意識扭過頭來的一刻對視個正著。

「我操！莉奈姊妳闖進來幹嘛？快出去！」那張再熟悉不過的清麗面容讓一刻驟然回過神，他……不，現在該用她了。她手忙腳亂地拉起褲子，漲紅著臉，氣急敗壞地對著宮莉奈大叫，「老子他媽的在上廁所啊！」

「小一刻，不可以隨便說髒話。」宮莉奈想也不想地先糾正道，隨後那雙瞪大的眼睛有如探照燈，將一刻上上下下打量了好幾回。

一刻被看得頭皮發麻，惱怒和羞憤的情緒交織，讓她像顆爆彈一點就炸。

「宮莉奈！妳知不知道什麼叫男女有別？」一刻扯高了嗓子大吼。

「我當然知道啊。」宮莉奈不解地說，「但我們倆都是女孩子，又沒差。小一刻，妳是那個要來了嗎？不然今天怎麼脾氣這麼暴躁？」

那個要來？哪個？一刻被突來的問句砸懵了幾秒。但她畢竟有過幾次被性轉的經

驗，很快便意會過來宮莉奈指的是什麼。

生理期，也就是女孩子俗稱的姨媽。

一刻臉上青白交錯，看起來像是要承受不了打擊。

宮莉奈不禁緊張起來，「小一刻，妳還好吧？真的來了？肚子很痛嗎？還是有哪裡不舒服？要不要我泡黑糖水給妳喝？」

一刻被宮莉奈一連串關切砸得頭暈眼花，可總算還是從中抓到了重點。顧不得先震驚自己又變成女的，還是先咒罵「×的！又變女的」，她臉一黑，咬牙切齒地擠出了句子。

「我他×的沒來！」

「咦？但是……」

「出去！就算都是女的，也不准妳闖進來！」一刻祭出了威脅，「信不信我待會就去妳房裡突擊檢查？我數到三。」

一刻連「一」都還沒說出來，宮莉奈就用最快的速度退出廁所，還不忘體貼地把門關上。

用腳趾想，一刻都猜得出來這個世界的堂姊個性和現實裡的分毫不差，房間肯定一樣亂得像是遭到龍捲風肆虐。

沒了他人打擾，廁所裡又恢復一片安靜。

一刻慢慢吐出一口氣，即便她有多不想接受眞相，她還是拖著千斤重的腳步，朝一旁的洗手台靠過去。

洗手台的正上方就是鏡子。

鏡子裡映照出的，是一名神情扭曲得近乎猙獰，但還是難掩清秀的白髮少女。

那一頭炫白的頭髮剪得相當短，從髮型來看就像是小男生一樣，這也是爲什麼一刻第一時間沒有發現到身上的不對勁。

以往她被變成女孩子時，頭髮都是長到肩膀，這還是頭一回來個那麼清爽的髮型。

與原本男孩子的骨架相比，鏡裡的少女纖細了一圈，下巴尖尖，眼睛也被襯得大大的。眼角雖然上挑，但又被偏圓的眼眸柔化了銳氣。

一刻沒有花太多心思去研究自己如今的長相，反正都已經確定是女的了。她深深吸了一口氣，臉上露出赴死般的表情，這次是慢慢地撩起了自己的上衣。

然後像被燙到似地飛快放下。

有胸！

雖然平。

但眞的是有胸！

總之，她變成了一個短髮平胸的女孩子，從背影看估計容易會被誤認成男孩子……

他媽的幹嘛不乾脆讓她當男的就好！

這什麼破遊戲啊！

滿腔鬱悶無從發洩，一刻只能將額頭抵上冰涼的鏡面，自暴自棄地接受了自己現在性別女的事實。

現在她只能安慰自己，說不定其他人也跟她一樣都變成女的了……不，等等，夏墨河就算變女的也沒差吧？他本來就熱衷女裝了。

而柯維安……她腦海中都能自動播放起對方捧著臉自誇可愛的場景了。

媽的，完全沒有被安慰到，眞想待在廁所裡不要再出去了。

然而上天顯然不想給一刻太多消沉的時間。

還沒等到一刻徹底冷靜下來，廁所門外驀地又傳來一陣乒乒乓乓的敲擊聲。

「小一刻！小一刻！」宮莉奈這次沒風風火火地闖進，她在外緊張地喊，「妳要遲到了啊！」

「……啊？」一刻是真的沒反應過來。

「我剛剛才注意到快八點了……」宮莉奈說，「還是我直接替妳請假啊？反正學生一天不去上課也不會怎樣的。」

一刻還沒來得及吐槽這是為人師表該說的話嗎，就被宮莉奈話中所透露出的訊息給砸得一懵。

遲到？上課？

一刻倒吸了一口氣，她都忘記了，她現在變成小高一……也就是說，還有高中生要盡的義務！

上學！唸書！考試！

幹幹幹！一刻內心的髒話又如煮沸的熱水咕嚕咕嚕地冒出。不會真讓她碰上什麼考試吧？她八百年前就把高中學的東西全忘光了好嗎!?

想到現在對她無異是天書的高中課本，一刻鐵青著臉，變成女孩子帶來的衝擊感立即被沖散得差不多了。她木然地打開廁所門，看見宮莉奈關切的臉。

「小一刻，要不要請假？」宮莉奈繼續鼓吹還是學生的堂妹別去學校了，「可以在家躺一整天，我還可以煮甜湯給妳喝喔。」

「別鬧，我不是說過廚房的所有事都交給妳……」一刻猛地回過神，將差點脫口而出的「老公」兩字吞回去。

這個時間點，江言一可還沒成為自己的準姊夫。

「交給我？小一刻妳也這麼認為嗎？」宮莉奈的眼睛亮了，像兩盞燈泡，「那我馬上就……」

「我是說廚房的所有事都交給妳……堂妹，也就是我！」一刻幾乎是咬牙切齒地擠出聲音。知道自己變女的是一回事，嘴上還得承認又是另一回事，也不能怪她說得如此心不甘情不願。

雖然請假不用上學很吸引人，但一刻沒忘記自己還有任務在身。

她得去找到同伴，找到據說失憶的文昌帝君。

蘇染他們最可能在的地方，就是利英高中了。

「我要去上學了，妳乖乖地待在家，不准碰瓦斯也不准用火。」一刻板著臉交代。

「妳這樣好像把我當五、六歲的小朋友啊……」宮莉奈嘀咕著。

「錯。」一刻冷笑，「我是把妳當三歲小朋友。現在，小朋友回去看電視。我數到三，一……」

才第一個數字，已經習慣被自家堂妹管教的宮莉奈反射性一個命令一個動作，一下就飛奔回樓下客廳，重新當起她的沙發馬鈴薯。

一刻抹了一把臉，才剛來森羅小世界不久，她就覺得心好累。她走回臥室，準備找制服穿上好去上學。

然後，她就面對了人生有史以來的大難題。

掛在衣櫃裡的……

是女生制服。

一刻的臉色從青轉黑。即便她不是第一次被故意轉換性別，但是……

×的！她還真沒穿過裙子啊！

看著那不算陌生的黑色上衣和紅黑格紋裙，一刻僵了半天，還是慢動作地將制服從衣架上拿下。

她眼一閉，心一橫，告訴自己不過是穿裙子、不過是穿裙子……

靠杯啊，裙子底下涼涼的也太奇怪了吧！

一刻實在受不了底下一片空蕩的感覺，迅速又抽了件短褲穿在裡面，才總算覺得沒那麼怪異。

看著鏡子裡照出的女學生身影，一刻臉孔忍不住扭曲了下。她捏緊拳頭，決定等碰到其他人後，特別是柯維安，他敢嘲笑自己的話——

就不客氣送他一拳！

重回母校上課的一刻現在可沒空湧上懷念的心情。

都快要八點了，學校大門早就關上，只剩旁邊小門還開著。如果從那進去的話，就得先被警衛關切一番。

一刻毫不猶豫地選擇了——翻牆進去！

雖說換了個女孩子的身體，不過敏捷度和俐落度完全沒有少上一分，這點倒是讓一刻相當滿意。

就是不曉得揍起人來的力道會怎樣？

一刻看著自己的拳頭，不由得期望起會有不長眼的人來找自己麻煩，然後她就能實際測試一番了。

拉回她神智的，是驟然響起的鐘響。

她連忙抓著書包，快步往一年六班的教室跑。既然設定都是照她原本的高中生活，那麼班級估計也不會變。

一刻想的沒錯，等她跑到了教室，第一眼看見的就是站在講台上，背對著眾人，正一筆一畫在黑板上寫上大大「自習」兩字的熟悉人影。

綁著兩條細長辮子的黑髮少女很快就轉了過來，粗框眼鏡也遮掩不了她清麗的容貌。那雙淺藍色的眼瞳有如冬日湖水，既澄澈又透著冰冽。

但是那抹冰冽對上站在教室後門的白髮少女時，立即消融得無影無蹤。

蘇染微微抿下唇角，彎出稱得上笑容的弧度，接著又斂起，淡淡對班上同學宣告：

「數學老師臨時有事，這節課改為自習。」

六班同學馬上發出了一陣收斂的歡呼聲，自習可是比數學課好太多了。

一刻沒有立刻回到自己的位子，而是先掃視教室一圈——反正那個空的、又在最後面角落的，估計就是自己的沒錯了。

沒有蔚可可的身影。

靠，該不會真得殺去湖水鎮了？

一刻眉頭緊緊擰起，連臉色也不自覺地沉下。但她下一秒又猛地發現到，自己座位前面和右邊的位子都擺著書包，而書包的主人不在。

一個想當然耳是講台上蘇染的，另一個……會不會就是蔚可可？

這個猜想讓一刻心頭頓鬆，她走到自己的位子，一屁股坐了下去。反正是自習課，她也懶得拿出課本，下意識就想照以往的習慣往桌面一趴，睡他個昏天暗地。

這個習慣性的動作最終還是沒有成功。

一來，是一刻霍然想起她還要跟蘇染確認眼下的世界跟任務。

二來，是有人把她的額頭托住了。

一刻反射性認爲是蘇染，然而當她順著那隻手一路往上看，嘴裡原本要喊出的名字卻硬生生地卡在了喉頭中。

不是蘇染。

是一名一刻記憶中，根本不曾在自己班上出現過的女孩子。

她有著一頭過肩的淺褐長鬈髮，右眼下一點淚痣，那張美麗到帶著侵略性的面孔如徐徐綻開的艷麗花朵。不難想像再過幾年，等她的五官完全長開了，會是怎樣驚人的美貌。

一刻目瞪口呆，卻不是如同一般人被褐髮少女的美貌震懾住。而是、而是……

那張臉，分明就是小了幾歲的楊百罌啊！

我靠！爲什麼楊百罌會在班上？她不是應該在繁星市嗎？

這破遊戲的設定到底是怎麼一回事啊！

「怎麼了？沒睡好，所以腦子也沒帶來嗎？」楊百罌一開口就是和艷麗外表不甚相符的冷言冷語，可那雙美眸裡卻又含著熱度，「就算是自習課也不該趴在桌上睡覺，那

成何體統？」

「百罌說的沒錯。」蘇染也走了過來。倘若楊百罌如玫瑰嬌美，那麼蘇染就如百合清妍，兩人站在一塊，美得就像一幅畫，「所以身爲班長……」

「身爲副班長。」楊百罌說。

接著，兩名容姿出眾的少女異口同聲地說：

「可以讓妳睡在我的大腿上。」

幹喔！這難道就有成體統嗎？一刻差點就想這麼嚷出口了，但在她瞪圓眼的時候，位子旁的玻璃窗突然傳來被人敲打的聲音。

一刻反射性轉過頭，猶然瞪圓的眼裡霍地映入了一張再熟悉不過的臉龐。

蔚可可！

穿著湖水高中制服的鬈髮女孩一見到一刻發現自己，立刻急切地朝對方招手，「宮一刻、宮一刻，出來一下，有很重要的事要跟你說，眞的很急啊！」

眼見蔚可可的著急不似作假，一刻對蘇染和楊百罌說了一聲，「那我出去一下。」

「現在還是上課中，自習課也是課。」楊百罌的柳眉蹙起來，眼神不贊同。

「或是可可進來我們教室裡。」蘇染淡淡地說，「有我在，其他同學也不會說什麼的。」

「百罌、小染，讓我外借一下宮一刻啦，眞的有點事。」蔚可可雙手合十，大眼睛眨巴地瞅著兩人，「作爲報答，以後妳們跟宮一刻結婚，我可以當伴娘！」

什麼鬼？一刻瞪了胡言亂語的蔚可可一眼，耳邊隨即聽見了蘇染和楊百罌的同意。

一直到自己被蔚可可拉著往頂樓天台走，一刻都還有些恍惚……自己就這麼簡單地被人賣了？

由於正值上課時間，頂樓自然沒人，是相當適合說話的地方。

一刻總算回過神，她抽回自己的手，「蔚可可，妳在搞什麼鬼？」

「我哪有搞什麼鬼？」蔚可可不平地哇哇大叫，「宮一刻，你沒發現這個世界很奇怪嗎？森羅的一些設定跟我們現實世界的完全不一樣了耶，而且你難道不覺得百罌和小染的一些態度也不太對勁嗎？」

經蔚可可這麼一提，一刻慢一拍地才意識過來。

確實……有點不對勁。

同樣被送進森羅小世界，蘇染和楊百罌的表現彷彿她們原本就是這世界的住民。

怎麼回事？一刻的神情也嚴肅了起來，「先把妳發現的說出來。」

「首先，」蔚可可扳著手指認真數，「我沒轉到你們班上，我到墨河本來的班級去了。」

「夏墨河的班級？」

「對，但是墨河不在那裡。」

「啊？」一刻吃了一驚，她沒想到還有這種改變，「那他在哪？」

「吼，宮一刻，你一定是都沒先打電話跟小夥伴確認。」蔚可可搖搖頭，語氣中透露著一股孺子不可教也的意味。

這讓一刻頓時覺得手癢癢的，想打人。

不過轉念一想，她一到這世界就先被自己的性別嚇懵了，的確忘記先聯絡其他人。

「聽妳這麼說，妳都聯絡過了？」一刻問道。

「我還掌握了不少情報呢！」蔚可可得意地一昂腦袋，「跟你說，天才美少女就是不一樣的！」

一刻還等著蔚可可的下文，卻看見對方忽地狐疑地東張西望，「怎麼了？」

「不，只是我每次這麼說的時候，我哥總會敲我腦袋……」蔚可可撓著臉頰，「忘記老哥沒一起過來了。」

「妳是受虐狂嗎？」一刻再也忍不住地大翻白眼，「要不要老子代替蔚商白敲妳啊？」

「不不不，才不要呢！萬一敲笨了怎麼辦？」蔚可可驚恐地連忙搖頭。

一刻忍下了吐槽，反正已經夠笨了。

「啊，宮一刻！你肯定在心裡罵我……算了，美少女要懂得寬宏大量，不與人計較。」蔚可可咕咕噥噥地說，再把話題轉回正事上，「總之，墨河聯絡上了，維安的電話不知道爲什麼就是打不通。然後理華……我沒感應到他的氣息，但是應該也不可能在湖水鎮，畢竟我都在利英了。」

「那蘇染和楊百罌呢？還有蘇冉？」

「他們啊……」一說起比自己早進來的三名朋友，蔚可可的臉登時垮了下來，「他們好像是失憶了。」

「啊？」一刻控制不住飆高的音量，「失憶？什麼鬼？這他媽的是怎麼回事？」

「我也不曉得啊。」蔚可可哀怨地說，「我一來利英，就馬上找小染他們確認，結果他們似乎不記得神使的事、森羅小世界的事……我那時候眞是嚇傻了，我覺得他們估計也快把我當神經病了，幸好我給人的感覺就是天兵天兵的嘛。」

「眞難得妳有這份自覺。」

「啊，宮一刻你好囉嗦，幹嘛附和啊？這時候不是應該說完全沒這回事的嗎？」

「誠實是我僅剩不多的美德了。」

「討厭鬼。」蔚可可吐了吐舌頭，接著找了個稱得上乾淨的空地一屁股坐下。

見狀，一刻也跟著坐下，那坐姿可以說非常地豪放。

坐在對面的蔚可可看不慣，「宮一刻，你坐好一點啦，不然內褲都要被我看……」

剩下的字忽然間像被咬斷。

蔚可可像終於反應過來某件事，她瞠目結舌地瞪著對面的一刻，本來就大的眼睛瞪得像是要從眼眶裡突出來。

「怎麼了？」一刻納悶地問。

「你你你……妳妳妳……」蔚可可聲音顫抖，就連抬起的食指也是微微發顫。下一秒，她不敢置信地大叫，「妳穿裙子？妳又變成女的了!?」

「我操！妳現在才發現嗎!?」一刻更加不敢置信地瞪回去，「妳眼睛是長到哪去了？」

「當然是長到我臉上。」蔚可可想也不想地回答，然後繼續一臉震驚地瞪著一刻，「天啊、天啊……宮一刻，妳是女孩子耶！」

「謝謝妳，老子已經知道這件事了。」一刻面無表情地說，「不用一再提醒我。」

「這次形象和之前的不太一樣……」驚嚇過後，蔚可可來了興致，「是短頭髮耶！我可以拍照嗎？」

「清醒點，蔚可可。」一刻沒好氣地提醒，「我們是意識進來這世界的，回去後最好妳有辦法把照片也帶回去啦。」

「啊！對吼……」蔚可可難掩惋惜地嘆了一口氣，「不過宮一刻，妳還是坐姿改一下啊，起碼妳現在是女孩子，不能隨隨便便走光的。」

「囉嗦。」一刻抱怨著，還是依言改變了坐姿，「我明明就有在裙子裡套件短褲

的，才不會走光。」

「啊，居然是穿短褲？好歹要穿安全褲才對啊。」蔚可可一臉難以苟同的表情。

一刻果斷地抬起手，「打住，老子沒興趣聽安全褲跟短褲有啥不同……幹嘛？妳爲什麼又一臉便祕的表情？」

「這叫欲言又止的表情啦！」

「所以妳是想問什麼？」

「咳嗯……宮一刻，妳有穿胸罩吧？」

「蔚可可！」一刻整張臉漲紅，被氣紅的，青筋更是「啪」地在額角迸出，「妳再廢話下去信不信我揍妳？」

當然不信啊。這句話蔚可可自然沒有說出來，免得對面的白髮少女氣到當場變成噴火龍。

她連忙正了正神色，擺出我很嚴肅的表情——如果扣除掉那雙圓滾滾的眸子，仍舊時不時偷偷摸摸地瞥往一刻身上的話。

「要看就光明正大看。」一刻又翻了下白眼，「反正妳多看幾眼我也不會少塊肉，然後快點把妳知道的都說一說。」

「總之，小染、阿冉還有百罌，不知道發生什麼事，不記得自己是神使跟狩妖士，這裡好像也沒有織女大人。」蔚可可一五一十地交代著，「然後我老哥沒進來嘛，所以目前就變成只有我成爲交換學生，住在親戚家這樣。」

「爲什麼楊百罌也會成爲利英的學生？」

「這估計是開發部的惡趣味吧？我猜啦，不然也沒辦法解釋了。跟妳說，宮一刻，妳只要想著所有不合理的地方，通通都是開發部搞的就可以了。」

一刻必須承認，這聽起來還挺有說服力的。

「那夏墨河現在是在哪一班？」

「他不在利英……唔，讓他自己來說好了，我打電話給他喔。」

蔚可可馬上掏出手機，撥打電話出去。

一刻連「喂，妳忘記現在是上課時間了嗎？」都來不及說。

意外的是，夏墨河那邊迅速接通了。

蔚可可將手機調成擴音，「墨河、墨河，我碰到宮一刻啦。我跟你說，她……」

「老子又變女的了。」一刻口氣平板，但強烈散發出不准再追問下去的危險氣息。

夏墨河素來善解人意，「女孩子的一刻也很好看的，很期待和妳碰面。」

「喔。」一刻沒把夏墨河的稱讚當一回事，「所以你現在是在哪邊？」

「嗯……」夏墨河的聲音罕見地滲入了一絲困擾，「思薇女中。」

一刻很沒良心地噴笑了。

第五章

思薇女中，顧名思義就是一所女孩子就讀的高中。

不過近期開始，它也加開了男生班。

「咳，你在男生班吧？」保險起見，一刻還是先做確認。

「那當然。」夏墨河笑了一聲，「雖然也是有點可惜……思薇的女生制服真的很好看呢。」

「是是是，你喜歡不會私下買一套嗎？」一刻敷衍地說，「所以你在森羅裡是思薇的學生？有碰到尤里和花千穗嗎？」

「啊，有的。不過這邊的尤里不是神使，也不曉得織女大人，我猜這個世界沒有織女大人的存在。」夏墨河不疾不徐地說，「但這個設定顯然不影響我們的神力，一刻試過了嗎？」

一刻張開手指，看見左手無名指隨著自己的意念冒出了一圈宛如戒指的橘色花紋。

果然就如夏墨河所說，神紋在，神力也在。

「試過了，你覺得柯維安和理華會在哪裡？」一刻皺起眉頭，沒忘記還有兩名同伴失聯中。

「嗯……」夏墨河在手機裡沉吟一聲，「既然連楊百罌都在利英高中，而我雖然成為思薇女中的學生，也依舊是在潭雅市。我想，他們倆應該也是在同一座城市的。」

一刻很相信夏墨河的判斷，她正打算再說些什麼，手機倏地傳來響動。她滑開螢幕一看，發現是「看我」又跳出了新通知。

觸發事件，解除失憶，七是關鍵。

「什麼鬼？」一刻彈了下舌頭。

「怎麼了嗎？」夏墨河關切問道。

「宮一刻，怎麼了？怎麼了？妳的手機有什麼嗎？」蔚可可強忍好奇，沒馬上把腦袋湊過去。

一刻直接把螢幕展示給她看。

蔚可可下意識地照著上面的文字唸道：「觸發事件，解除失憶，七是關鍵……咦咦？這什麼意思啊？」

「一刻，這是哪邊出現的？」夏墨河也聽見了。

「一個叫作『看我』的ＡＰＰ突然就在我的手機上出現，開發部搞出來的吧？」一刻說，「紅綃不是要我們注意手機？你們沒有嗎？」

「沒有呢。」

「沒沒沒，根本沒有。」

夏墨河和蔚可可一前一後地回答。

「只有我的手機有？」一刻納悶地說，很快就把這點疑惑拋到腦後，弄清提示的含意對她來說更爲重要，「解除失憶，指的就是蘇染他們吧？但觸發事件又是觸發什麼事件？」

「七是關鍵……」夏墨河說，「也就是說，事件會和七有關聯。說到七，又加上大家現在在學校，很容易就令人聯想到……」

「啊，我知道！」蔚可可一個擊掌，「七大不可思議之類的！」

「三小？」一刻沒跟上另外兩人的思路。

「哎唷！」蔚可可笑嘻嘻地說道：「學校不是常有靈異事件、不可思議之類的嗎？小說漫畫都常提到嘛。然後大家都覺得七這個數字特別，所以會把事件硬湊到七個，利英應該也有類似的傳說吧？」

「是有一個。」一刻摸著下巴，「不過還眞不是傳說。社團辦公室以前每到晚上十點十分電話就會響起，接起來會聽見小孩子的哭聲或沒聲音。」

「嗚喔，聽起來好像靈異故事喔。」蔚可可搓了搓手臂。

一刻皮笑肉不笑地說，「不是故事，是貨眞價實的事件，因爲當初我和蘇染他們就靠杯地體驗過。」

「咦咦咦？欸欸欸？眞的假的？」蔚可可驚呼。

「是眞的喔。」夏墨河幫忙證實，「利英高中還沒建成之前，此地曾發生地震，不少小孩子來不及逃生，不過織女大人已經送走那些亡魂了。」

「呼……那就好。」蔚可可拍了下胸口，緊接著又心急地嚷，「可是這樣的話，利英眞的沒有什麼七大不可思議嗎？」

「妳自己不都讀過利英了，有聽過嗎？」一刻白了一眼過去。

蔚可可的臉皺了起來，根據她的記憶，似乎還眞的沒有。

「我們讀過的利英的確沒有。」夏墨河笑吟吟地說，「但是森羅裡的利英……一刻和可可還沒確認過，對吧？」

夏墨河的一句話，突破了盲點。

一刻和蔚可可瞬間恍然大悟。沒錯，他們如今待的並不是現實世界！森羅中的利英高中，是非常有可能有七大不可思議的。

「這交給我。」蔚可可立即攬下責任，「打聽消息雖然比不上小染，但肯定比宮一刻強的。」

「喂！」一刻凶惡地瞪她一眼，卻也沒有反駁。

畢竟在交涉和人際方面，蔚可可絕對領先一刻太多太多。

「那就麻煩可可了，我看這一、兩天能不能回到利英。」夏墨河說，「我會拜託我阿姨的。」

一刻明白夏墨河的意思，他是打算請他在利英高中當校長的阿姨幫忙。

事情就先這麼拍板決定。

當一刻慢一拍地想到，就算蘇染現在是失憶狀態，還是能夠向她詢問利英有沒有七不可思議，或是有什麼跟七有關的東西的時候，蘇染和楊百罌先找上她了。

要說是找也不太正確，畢竟兩名少女就坐在一刻的前面跟右邊而已。

總之，當蘇染和楊百罌一開口，一刻瞬間就把原先想到的東西拋到了九霄雲外。

嗯，被嚇的。

「一刻，要一起去廁所嗎？」蘇染說。

「我正好也要去，就一起去吧。」楊百罌說。

一刻起初以爲自己聽錯了，「呃，去哪裡？」

「廁所。」楊百罌環抱雙臂，「有哪個字聽不懂的？我跟蘇染有那麼口齒不清嗎？」

不，就是太清晰了，一刻才覺得自己聽錯。爲什麼她們要上廁所卻還來找自己啊！

一刻完全無法理解這其中的關聯性，況且就算她如今生理是女，可一顆心仍然是正港男子漢的。要她跟女生一起上廁所？她才不要！

如果這時候蔚可可有在現場，她就會用理所當然的語氣說：宮一刻妳不懂啦，高中女生最喜歡手牽手一起去上廁所了。

但是蔚可可不在六班，而一刻確實也無法理解，所以她果斷地選擇了——

「我忽然想起有點事，妳們倆一起去吧，我先走了！」

逃跑。

爲了讓自己的謊言眞實一點，一刻還不敢在這一層逗留，她直接跑到了下一層樓。

喘了幾口氣，她拍拍胸口，還是不懂蘇染跟楊百罌在想什麼。

在她的記憶裡，她們倆都不像是上個廁所還要結伴同行的個性。而且這種事情，在她當初唸高中時也不曾發生過啊。

一刻全然忽視了現實裡的自己可不是女孩子的事。

而或許是蘇染她們方才提起廁所的關係，這一跑下來，一刻突然發現自己也想上廁所了。

她想也不想地就照著以往習慣，往前方廁所走去。

然後在踏進門內之前，被一隻手攔下。

那隻白皙的手掌貼在她的額頭，不讓她前進一步。

「搞什麼？」一刻不爽地瞪向那名妨礙她上廁所的人，然後帶著凶狠的眼睛登時驚訝地瞠圓，「蘇冉？」

攔下一刻的不是別人，正是蘇染的雙胞胎弟弟，也是一刻要尋找的同伴之一。

看上去寡言沉默的俊美少年和蘇染有著如出一轍的五官，一雙淺藍色的眼睛令人想到日光下的湖泊。

蘇冉的劉海有些過長，但這只讓他的一雙藍眼睛更容易被人注意到。他戴著耳機，離他極近的一刻都能聽到裡頭流洩出的些許樂聲。

「蘇冉你幹嘛？」一刻挑高眉毛，就算面前是自己的青梅竹馬，也不能改變對方阻止她前往廁所的這一項事實，「老子要上廁所啊，膀胱爆了你負責嗎？啊？」

即使戴著耳機，耳機裡還播放音樂，可蘇冉對於一刻的話似乎完全不會聽漏。

「想負責，不過要蘇染她們願意接受四人行才行。」蘇冉的聲音和蘇染的清冷截然不同，而是透著一股子沉寂。

聽在他人耳中，甚至會覺得太過疏離且難以親近。

但一刻不是他人，她總是能感受到底下的那份溫度。

不過這一回在感受到溫度之前，她就先被訊息量過大的那番話給砸得懵了。

四人行是什麼東西？不不，她還是不想知道了。

毫不猶豫地裝作沒聽見蘇冉的話，一刻推開蘇冉——就算是自己的青梅竹馬，也不允許他阻擋自己解決人生大事。

沒想到蘇冉再次地阻止她，還猛地把人拉離了廁所大門。

「蘇冉！」一刻怒視。

「這是男廁。」蘇冉說。

「廢話，我也知道這是……」一刻把最後兩字吞了回去，改成「靠杯」。

她忘記自己現在是個女的，得上女廁。

「需要我送妳過去嗎？」蘇冉問。

「免了，謝謝你喔。」一刻不客氣地丟給蘇冉一枚大白眼，她看起來有那麼像三歲小孩嗎？上個廁所要人陪。

朝蘇冉擺擺手，一刻大步往另一端的女廁走去。

只是當她走到門前，聽著裡面傳來的嬉笑話語，她深呼吸了好幾次，才終於鼓起勇氣踏入了這個粉紅色的空間。

待在洗手台前的幾名女同學瞄見一刻的身影，笑鬧瞬間停滯了幾秒。

直到那抹白髮人影進入其中一個隔間，才又像被按下播放鍵，談天說地了起來。

一刻用腳趾頭就能猜得出來，顯然不管是男是女，她在利英都是大多數人不敢靠近的存在。

一刻對此是毫不在乎，現在她有更重要的事。

看著坐式馬桶，她僵硬地掀起裙子，半褪下裙裡的兩件褲子，再坐了下去。

強迫自己別想著現在是用什麼方式小號，她將注意力轉移到外面的談話聲上。

那幾名女學生還在嘻嘻哈哈地聊著天，接著提到了讓一刻猛地豎起耳朵的話題。

「欸欸，妳們知道利英的七不可思議有個是在男廁發生的吧？」

「啊，當然知道啊！那個超好笑的，我聽到的時候都覺得男生好可憐。」

「哈哈哈，眞的、眞的！」

「妳們先別笑了啦。妳們知道男廁的那個，又換台詞了耶？」

「咦咦咦？眞的假的？」

「眞的……好啦，大概是眞的，反正我是聽我男朋友的同學的同學說的。」

「這關係還隔眞遠啊……」

「別打岔啦，讓她說完，我要聽重點。那個男廁的飄飄換了什麼新台詞？」

「他會問你喜歡紅頭髮的小蘿莉還是白頭髮的小蘿莉，或是金頭髮的小蘿莉？要是回答錯的話，聽說會被脫下褲子扔到廁所外面。」

「天啊，好慘啊……」

女孩們同情又強忍著爆笑地說，殊不知聽見這段話的一刻震驚得一頭撞上了門板，發出響亮的一聲。

這聲音讓廁所裡的女學生們刹那又沒了聲音，她們緊張地看著彼此，不知道是該出聲關心一下，還是直接先離開再說。

要知道，那個白髮的女孩子在利英裡可是有名得很，時常在校外和人打架惹事，反正就是個不良少女。

但還沒等她們做出決定，粉紅色的隔間門霍然被人從內一把推開。

「妳們剛說的是什麼？」一刻氣勢洶洶地問。

女學生霎時白了臉，擠在一起瑟瑟發抖。

沒意識到自己口氣太凶、眼神太嚇人，一刻急著弄清來龍去脈，「男廁所的不可思議……把詳細的內容說給我聽，快點！」

「啊啊……」剛剛提起這話題的女孩子嚇得眼眶紅了一圈，結結巴巴地擠出聲音，「就是在三年級四樓的男廁，聽說以前有學長在裡面意外過世，之後就開始有傳言，晚上要是有人在那上廁所的話，就會聽見有個聲音問……問……」

「問什麼？」一刻不耐煩地催促。

「問你喜歡綠水晶戰士、紅水晶戰士，還是黃水晶戰士！」女孩被嚇得尖喊出聲。

「……啊？」一刻呆然地發出了這個單音。

或許是她凌厲瞪人的眼睛突然褪了氣勢，反而彰顯那雙眼型偏圓的可愛眸子，開口的那名女學生覺得對方沒那麼嚇人了。

「聽起來很扯對不對？但我們班男生真的有人碰過喔。」女學生緊繃的心情一鬆，說起話來也不再結巴，「他那時候沒回答，就被扒了褲子丟到廁所外，差點被巡邏的老師當成變態呢。」

「那妳們剛剛說阿飄又換台詞了？」

「聽說是換成喜歡哪種頭髮顏色的蘿莉……我也是聽說啦，實際是誰碰到的我也不知道。」

「這樣啊，謝了……」一刻整個人還有點恍惚，她用神遊般的狀態洗了手，走出女廁，回到自己的座位上。

然後把自己的腦袋撞上桌面，不想再抬起頭了。

靠夭啊……會說出那種詭異台詞的，如果那個阿飄不是柯維安，她二話不說立刻加入那個什麼小天使萬萬歲的大邪教！

誤打誤撞下獲得重要情報，一刻並沒有跟蔚可可或是夏墨河分享。

先不管柯維安爲啥在森羅裡的身分會如此與眾不同……

想想看，一個躲在男廁，會對來上廁所的男生問你喜歡紅頭髮、白頭髮，還是金頭髮蘿莉的阿飄……

這是變態。還是個大變態！

爲了給柯維安留點面子，一刻決定先自己行動，晚上偷溜進學校，探探那個七大不可思議之一的事發地點。

晚間翻牆對一刻來說是再簡單不過的事，輕易躲過警衛和留守的巡邏老師，她迅速跑到了三年級大樓。

根據那名女學生的說法，地點是在四樓的男廁。

晚上快十點，利英高中裡基本上沒什麼學生了，三年級大樓一片死寂，任何聲音都會被放得格外響亮。

一刻換上了輕便好行動的長褲——她可不想再穿那輕飄飄的裙子了——邁開大步，兩級階梯被她一次跨過，節省了她的時間。

用不了多久，她就到達目的地，四樓的男廁所。

一刻低頭看了看自己，胸平、穿長褲，加上一頭短髮，進去男廁被當成男的機率估計很大，應該能順利釣出柯維安。

反正眞釣不出來，一刻也還有必殺技——織女的照片！

板著臉孔，一刻大步流星地走進了男廁，選了一個小便斗站著不動，假裝自己在上廁所。

爲了逼眞，她還在手機裡錄了一段水流聲。

隨著播放鍵按下，淅瀝淅瀝的聲音立即充斥在男廁之中。

一刻內心正在盤算自己要僞裝多久，冷不防，他身後突然傳來了幽幽的詢問聲。

「你喜歡金頭髮的蘿莉？白頭髮的蘿莉？還是紅頭髮的蘿莉？」

即使聲音像經過刻意改變，但和柯維安認識三、四年，一刻馬上認出說話的人——就是柯維安沒有錯！

她按下暫停鍵，不動聲色地收起手機。

沒馬上得到回答的男聲催促地又問道：「你喜歡金頭髮的蘿莉？白頭髮的蘿莉？還是紅頭髮的蘿莉？」

一刻眼角餘光往後瞄，沒看見任何人影。

「快回答我的問題！」

一刻不像常人的冷靜表現，似乎激怒了聲音的主人，他放大音量，凶狠地恫嚇道。

「答錯了就脫掉你的褲子，把你扔在校門口！現在快回答我！」

一刻握了握拳頭，實在很不想回答這沒營養的問題。但假如不回答，很可能無法讓柯維安在她面前現身。

她深吸一口氣，咬牙切齒地說出了讓她倍感屈辱的答案。

「都、都喜歡……」

「什麼？大聲點，我聽不見！」

「幹！他媽的都喜歡行吧！」一刻忍無可忍地回頭破口大罵。

彷彿被她驚人氣勢震懾住，男廁裡驀地陷入了一片針落可聞的寂靜。

面對這寂靜，青筋在一刻額角浮現。她發誓，要是柯維安膽敢真的躲著不出來……

下一刹那，原本空無一人的洗手台前突然產生了一陣波紋的扭曲，空氣裡平空出現一圈圈漣漪。

漣漪中，出現了一抹人影。

亂翹如鳥窩的鬈髮，娃娃臉、大眼睛，還有分布在鼻頭臉頰的雀斑。

「操！果然是你，柯維……」一刻話都還沒吼完，就先被激動的喊聲蓋了過去。

「啊啊啊！正確答案！第一次有人回答出正確答案！」柯維安興奮得臉都紅了，

「我鄭重宣布，歡迎成爲我小天使萬萬歲教的副教主！」

「幹！誰想加入那種邪教！」

「你你你……居然說那是邪教？小天使明明就是那麼美好、那麼萌！而且你剛明明選了全部，這證明你的內心是熱愛著全世界的小蘿莉的！」

「放屁！老子又不是戀童癖，更不是變態！」

「胡扯！才不是戀童癖也不是變態，分明是紳士啊！是紳士！任何敢侮辱我聖域的人，都該——」柯維安前額浮上了宛如第三隻眼睛的金色圖紋，手上更是出現了一台筆電，「天誅！」

伴隨著憤怒的大喊，娃娃臉男孩猛地將手探進筆電螢幕裡，從中「唰」地抽出了一支巨大毛筆。

蘸染著艷麗金墨的筆尖在男廁燈光照耀下，更是閃爍著光芒。

一刻簡直想狂罵髒話了。

幹幹幹幹！柯維安的神使之力是讓他在這個時候發揮的嗎？

不待一刻準備反擊，一束燈光無預警從外邊照進，同時響起一道喝聲。

「你們倆在裡面幹什麼？哪一班的學生？都這個時間了，爲什麼還在這邊？」

警衛手上的手電筒直照上男廁裡的兩個人，接著他注意到柯維安手上的巨大毛筆，眉毛瞬間皺起。

「那是什麼？表演用道具嗎？」

柯維安目光瞬間盯住那名警衛，「你喜歡金頭髮的蘿莉？白頭髮的蘿莉？還是紅頭髮的蘿莉？」

「你在胡言亂語什麼！還不快點出來，否則我就要登記你們的學號了！」警衛警告道。

沒有得到答案的柯維安眼一瞇，下一秒大手一揮，也不知道做了什麼，原本站在男廁門口的警衛竟倒飛了出去。

「我靠！柯維安你……」一刻顧不得斥責柯維安的行爲，急忙先往外衝，然後她就看見……

警衛失去意識昏迷在地，長褲不知道被扔到哪邊，下半身只剩一條紅色內褲。

媽的，傷眼睛。一刻默默移開視線，沒想到那幾名女學生說的還是眞的。

回答錯誤的人會被扒掉褲子。

手持巨大毛筆的娃娃臉男孩一步步從廁所裡走出來，那張本該稚氣可愛的臉蛋無端染上了陰森氣息，甚至就連他暴露在衣服外的兩隻手臂赫然爬上了詭異幽綠的紋路。

一刻愕然地瞪大眼。

她分辨得出來，那紋路與神紋絲毫沒關。別說沒有神力的味道，根本還散發著……妖氣！

「幹幹幹幹！柯維安你是被什麼纏上了！」一刻氣急敗壞地罵道。

「柯維安、柯維安的……你到底是誰？爲什麼知道我的名字？我們之間很熟嗎？不要用那種語氣叫我。」幽綠紋路擴展的範圍越來越廣，包括那張稚氣的臉蛋也被佔據。就連毛筆上的金墨與他前額上的第三隻眼，都轉成不祥的幽綠色。

一刻愣了一下，這種被柯維安嫌棄的感覺……老實說，實在太新奇了。

柯維安則是把對方的反應當成是被自己嚇住，他咧開一抹陰森森的笑容，腳下影子竟也開始轉換顏色，同時逐漸擴大。

不過短短幾秒，闇綠影子膨脹得比主人還要高大。它緊貼在柯維安背後，乍看下簡

直像是它在操控柯維安。

「我操！」這時一刻要是再看不出柯維安的確是被某種東西操控了，她就不姓宮。

一刻猛地想起進來前紅綃的警告。

「森羅在出BUG時候，把附近的妖怪不小心也捲進去了。」

「嘖，柯維安該不會運氣這麼好吧……」一刻咂舌，左手迅速往口袋摸去，掏出了總是隨身攜帶的一綑白線。

不待綠影和柯維安反應過來，一刻扯下一截線，往空中一拋。

奇異的事發生了。

本該往下掉落的白線居然違反地心引力法則，猶如一根朝上飛衝的箭矢，一晃眼就飛到高空，同時自動銜接成一個圓。

瞬間線圈擴大，圈圍住整所利英高中，周邊景象出現疊影，旋即又恢復正常。

彷彿一切只不過是曇花一現的錯覺。

確定結界布好的一刻咧開野蠻的笑容，衝著前方勾了勾手指。

「來啊，死變態，老子包準把你揍成一個豬頭！」

第六章

面對白髮少女的挑釁，臉上、身上布滿詭譎綠紋的娃娃臉男孩憤怒地大吼一聲。

「才不是變態！明明就是紳士啊！爲什麼熱愛小天使的人就得被當成變態？小天使最棒！小天使難波萬啊！」

下一秒，換成娃娃臉男孩身後的綠影更氣急敗壞地吼叫。

「胡扯什麼小天使？分明就是黃水晶戰士最棒了！什麼都比不上黃水晶戰士！會喜歡蘿莉的傢伙怎麼想都是心理有問題！」

「才沒有問題，完全沒有問題好不好？」

「我說有問題就是有問題！蘿莉只能看又不能推倒！啊啊啊我受夠你了！我一定是當時鬼遮眼了才會選上你來附身！」

「打岔一下。」一刻在一人一影的對嗆中找到空隙開口，「你不就是鬼嗎？所以應該不能用鬼遮眼這種說法吧？」

被抓了語病的綠影沉默。

連柯維安也跟著沉默。

然後綠影宛若惱羞成怒地爆發了，「囉嗦囉嗦囉嗦囉嗦！蘿莉控煩死了！平胸女也煩死了！平胸同樣也沒有推倒的價值啊啊啊！」

「什麼!?他、她是女的？根本看不出來啊！」柯維安震驚地喊。

就算自己一點也不想當女的，但被人這麼一說特別火大啊……一刻刹那間體會到了何謂一秒湧上殺意。

而綠影壓根沒注意到一刻的情緒變化，它猛地抽離了柯維安。

娃娃臉男孩頓時像被剪去引線的人偶，眼一閉，陡然倒地，皮膚表面上的綠紋也漸漸淡去。握在手裡的毛筆在消散逸成光點前，筆尖重新回復爲艷麗的金黃色。

「柯維安！」一刻一驚，下意識想衝上前。

巨大的綠影卻擋住了她。

「啊啊……」綠影重重吐出一口氣，光滑的表面開始浮現五官，那是一名年輕男子，長相清秀，就是腦袋破了半邊，露出白花花的大腦，看起來格外嚇人，「眞是的，果然隨便選附身對象就會帶來不方便，意志力太強了，竟然把我對黃水晶戰士的熱愛壓過去。」

「不，他就只是單純熱愛蘿莉正太的變態而已。」一刻吐槽。

「這一點我敬他是男子漢，但說什麼我都不會認同他的理念的。」男子似乎沒聽到一刻的話，依舊自顧自地說個不停，「只有黃水晶戰士……只有黃水晶戰士才是眞正的王道，就算經過了五年、十年，她永遠都是我心目中第一名的經典動畫角色！」

一刻放棄吐槽了，這時候她放在口袋的手機冷不防發出震動，她摸出來一看。

「看我」又跳出通知。

一，感化敵人。

二，理解敵人。

三，揍他一頓。

一刻扯動嘴角，這還用選嗎？當然是選三了。

才剛做下決定，一刻忽然聽見男子問道：

「回答我，妳喜歡綠水晶戰士還是紅水晶戰士？還是黃水晶戰士？」

「全部都沒興趣。」一刻斬釘截鐵地說。

「爲什麼……爲什麼就是沒人能理解我的喜好？黃水晶戰士是這個世界上的瑰寶……」男子恍如在喃喃自語，語氣滲入悲慟。

一刻的神經卻緊繃起來。

男子皮膚上浮現了曾出現在柯維安身上的幽綠花紋，與此同時，他的心口處冒出一條細細的黑線。

鑽出來的黑線轉眼加快延伸的速度，只不過短短幾秒，竟碰觸到了地面。

那是欲望具現化的線條。

那是欲線。

而碰到地的欲線將釣起……

瘴！

一刻這下明白了。

之前的柯維安是被男廁的阿飄附身。

至於眼前這位男阿飄，則將成爲瘴的宿主。

一刻舔了舔嘴唇，她可沒想到自己運氣好到這種程度。紅綃當時說可能有癉被拉進森羅，結果還眞的讓自己碰上了。

就在這瞬息之間，地底下霍地竄出一片黑影，黑影咬住了欲線，就像被釣起的大魚飛騰而起，在空中驟然翻轉，飛也似地朝下俯衝——

然後，黑暗將遍覆綠紋的男子一口氣吞噬進去。

在黑暗膨脹，並且釋放出強烈氣流和衝擊的前一剎那，一刻抓過昏迷的警衛和柯維安，飛速往樓梯間躲避。

浮閃在左手無名指上的橘色神紋讓一刻能輕易拎起兩名男性，但不代表她會將他們溫柔地放下。

以堪稱粗暴的方式把警衛和柯維安往地上一扔，一等上方爆炸平息，一刻一步一步地往樓上走。

當她回到四樓，映入她眼中的不再是那名皮膚上纏著幽綠花紋的年輕男子。

如果說，剛才那名男子給人的感覺是陰森詭異。

那麼此時呈現在眼前的，就是恐怖的實體化。

屬於人形的特徵徹底消失，如今站在男廁前的，是個貨眞價實的怪物。

乍看下，它有如人立起的巨大蜥蜴，細密的暗綠淺綠鱗片遍布交錯在它皮膚上。從後腦到背脊的部分豎立起一排尖長黑刺，較短的前肢有著鋒利的大爪子。粗大的尾巴垂至地上，末端有叢球形黑刺，宛若附著顆帶刺的鐵球。

至於它的臉，同樣被綠鱗侵佔，一雙特別突出的眼睛讓人想到了變色龍，而眼珠的顏色則是徹底的紅。

那雙紅眼睛就像浸泡在鮮血裡，暗夜中閃動著濃濃的不祥光輝。

那是瘴。

那是專門吞吃人心的怪物。

察覺到樓梯間傳出的動靜，那雙駭人紅眼瞬也不瞬地盯住了顯露身影的白髮少女。

瘴往前邁動一步，先是小小聲地碎唸著。

「快說妳喜歡黃水晶戰士，快說。」

「快說妳爲了她的美麗拜倒在她的裙子底下。」

「快說妳永生永世都會愛著黃水晶戰士。」

隨後喃語聲拔高成了尖喊。

「快跟我一起宣示對黃水晶戰士的愛情！」

雖然知道瘴和人類融合之後，會將宿主內心的欲望放到最大，但聽見這個瘴的咆哮，一刻只覺額角青筋突突跳動。

他×的這根本就是癡漢啊！

在紅眼怪物的嘯聲中，忍無可忍的白髮少女握緊拳頭，左手無名指上的橘紋驟然擴大面積，覆蓋了她的手背。她加速衝刺，眨眼便逼到了對方身前。

緊接著，攢握已久的拳頭重重轟向了怪物的臉。

蓄滿力量的一拳打得怪物頭顱猛地扭向一邊，一時半會間竟轉不回來。

抓準這個空檔，一刻的下一擊不是再揮出拳頭，而是——

抬腿猛力地將怪物踹飛出去。

神似大蜥蜴的怪物無法控制地往後跌飛，它撞上了後方的圍牆，自身的重量加上衝撞的力道，登時讓水泥堆砌成的牆面破裂崩坍。

瘴從四樓摔了下去。

一刻要的就是這個效果。

見瘴被自己踹下三年級大樓，她立刻從四樓的那道缺口往下躍跳，半神的力量讓她即便從如此高度跳下也能毫髮無傷。

相較之下，來不及防備的瘴則是重摔至大樓外的小花圃裡，栽種在那的花朵瞬間全被壓得碎爛，就連圍起花圃的空心磚也被壓得碎裂。

沉重的響聲迴盪在夜間的學校裡。

倘若是平時，不尋常的動靜早就引來了其他警衛或巡邏老師的注意。然而被圈圍在神使結界中的這片空間，與現實是隔離的。

這裡的破壞不會反映在現實裡。

不相關的普通人類更無法進入。

摔得頭暈腦脹的瘴搖搖晃晃地重新爬起，那雙血紅色眼睛布滿憤怒，在夜色裡有若猩紅的兩盞燈籠。

它露出鋒利的牙齒，從滾動喉頭中逸出的是粗嘎的聲音。

「我明白了，既然妳不能理解黃水晶戰士的美好，那麼像妳這種無用之人也不需要活在世界上了！喜歡蘿莉的邪魔歪道都該去自盡啊啊啊——」

「幹恁娘！誰喜歡蘿莉啊！」

瘴憤怒，一刻比它更憤怒。

莫名其妙就被蓋上熱愛蘿莉標籤的白髮少女怒火中燒，她召出屬於自己的神使武器，如長劍般的白針被她緊握在手中。

嗅得出強烈神使氣味的瘴似乎越發地被激怒，它嘶吼一聲，粗大的墨綠尾巴瞬如鋼鞭抽打過來。

一刻敏捷閃避，她躍跳起來，躲過了那條橫掃而來的大尾巴；待一落地，馬上拔腿朝前疾奔，白針凶暴地飛刺出去。

熾白的月牙光芒迅雷不及掩耳地直飛向紅眼怪物。

瘴連忙躲閃，但仍是有一截手臂躲避不及。

暗綠色的血液霎時從迸裂的傷口噴射出來。

「啊啊啊！」疼痛讓瘴發出高尖的喊聲，放任綠血不斷湧冒出來，它像隻失去理智的猛獸，朝一刻撲了過去。

它張開嘴，分岔的長舌噴吐出來，快速攻擊向一刻的臉。

「幹！」一刻低罵一聲，及時下腰讓那條舌頭失了攻擊目標，只能戳刺到她後方的樹木。

以下腰的姿勢，一刻清楚目擊到那棵倒楣樹木頓時被貫穿了一個洞。

不難想像，如果那一擊落到人身上，會有多可怕的下場。

「不准逃！蘿莉控去死吧！」瘴咆哮，一腳抬起，再猛力踏上地面。

就像呼應這個動作，四周植物樹叢間竟跑出了數隻體型嬌小的蜥蜴。它們的外形和瘴一樣，有著綠色鱗片和猩紅的眼睛。

一刻差點以為自己是不是身處在恐龍電影的片場了。

只不過恐龍不會口吐人言，更不會不由分說地把人認定為蘿莉控。

「他媽的誰是蘿莉控啊！老子對她們沒興趣，對你的黃水晶戰士更是一點興趣也沒有！」一刻暴怒，心裡如今只有一個念頭。

不把那隻瘴痛扁到哭出來，她就不姓宮！

身高到人類膝蓋的小蜥蜴擁向一刻，它們尖細的牙齒和爪子雖然比瘴小了好幾倍，但殺傷力一點也不弱。

一個不留神，一刻腳上就出現了好幾道血痕。

見白髮少女被自己的小寵物圍攻，抽不出身來對付自己，瘴露出了猙獰的笑容。它的兩腮突地鼓起，下一剎那，張口噴射出深綠的毒液。

毒液如同一道箭矢，眼看就要灑上無暇注意另一邊的一刻。

說時遲，那時快——

「一筆蓮華，華光綻！」

伴隨著響徹夜間的高喊聲，一道金耀光芒就像一把大刀，突然從地面上平空拔起。銳利的金光不單將飛來的毒液箭矢攔阻下來，還穿刺過數隻小蜥蜴，將它們刺上半空。它們發出瀕死的尖叫，隨即化成縷縷煙氣消失無蹤。

「什、什麼？」一刻被這突來的發展弄得一怔，可也沒忘記擊殺試圖撕咬自己的另外兩隻小蜥蜴。

待身邊的威脅消失，一刻連忙將注意力放向彷彿在保護自己的金光上。

這片光芒與剛剛的那聲高喊，對她來說都太過熟悉了。

目睹自己的小寵物短短時間便僅剩兩隻，瘴難以置信地怒吼，「是誰？出來！」

「是我！」清亮的嗓音霍地砸下，一道人影在金燦光芒消失的瞬間，帥氣地閃掠出來，擋立在一刻與瘴之中。

那是一名娃娃臉男孩，他頂著一頭鬈翹的亂髮，一雙眼睛特別炯炯有神。從額前劉海的空隙，能看到金黃的圖紋浮現於上，就像第三隻眼睛。

他的雙手持握著一支和自己差不多高的大型毛筆，筆尖吸著飽滿的金豔墨水，在夜色襯托下顯得閃閃發亮。

「是你!?」瘴愕然地失聲喊出。

「沒錯，就是我！最最熱愛全世界小天使的紳士！」柯維安咧開大大的笑容，「蘿莉控這個稱呼好歹要加在我身上啊，噢，還可以順便再加個正太控，我一點也不介意的。不過我可是要聲明清楚，我對推倒小天使是絕絕對對沒有興趣的，那可是犯罪！」

「你現在嘴裡說的這些聽起來就夠犯罪了。」被守護在後方的一刻沒好氣地大翻白眼，但她的嘴角卻難掩笑意，「你什麼時候醒的？」

從柯維安的言行舉止看來，明顯他就和蔚可可、夏墨河一樣，並沒有失去任何記憶——除了他先前被阿飄操控的時候。

「在甜心你最危險、需要保護的時候。」柯維安回頭對一刻拋了記飛吻，「啊，高中生版的甜心，我終於有幸目睹了！」

一刻皮笑肉不笑地用中指回敬，「你高中倒是沒啥差啊。」

「哎呀，我可是駐顏有術的美少年呢。」柯維安臉不紅氣不喘地說，「號稱國中到大學都長同一張臉。」

一刻完全相信這點。

「好啦，再來是處理你啦，你這隻大蜥蜴！」柯維安目光重回瘴的身上，他舉起毛筆，筆尖閃耀著金亮又危險的光，「把自己的喜愛強迫放在別人身上可是不可取的！」

「你有什麼資格說這種話！」瘴恫嚇似地低吼著。

它無疑說出了一刻的內心話。要不是看在柯維安是自己同伴的份上，她都憋不住，想要狠狠吐槽一番了。

「喔，那不一樣啦。」柯維安擺擺手，「小天使是凌駕在世界萬物之上的最最美好

存在！」

「不可能，沒有什麼勝得過黃水晶戰士的！」

「怎麼會沒有？你一定沒有見識過天真無邪的小孩子對你露出笑容。他們有著黑葡萄般的眼睛，臉頰還有著肉肉的嬰兒肥，更不用說微凸的鼓鼓小肚子……」柯維安吸了一口氣，臉上盡是憧憬陶醉的表情。

然而瘴聽不下去了。

就連和柯維安是隊友的一刻也聽不下去了。

身爲神使的一刻和身爲瘴的紅眼怪物，這註定敵對的雙方，破天荒地達成了共識。

在娃娃臉男孩滔滔不絕吐出更多對小孩子的讚美之前，直接開打！

瘴發出吼叫，長尾巴再次如鞭揮甩出去，強勁氣流帶出了有如嘯聲的尖利聲音。

就是這聲音讓柯維安驟然回過神。

「等一下，二話不說就攻擊敵人太過分了！好歹要等我把話說完啊！」柯維安哇哇大叫。

「等你說完天都亮了！」一刻動作迅猛地抓拎住柯維安的領子，把人及時從蜥蜴尾巴的攻擊範圍內拽離。

將人粗魯地扔在地上，一刻嘴角扯開凶猛的弧度，轉身投入戰局。

這一次，那條企圖再襲向一刻的大尾巴被白針不客氣地斬下一段，帶著球刺的結實尾巴尖沉沉地墜落下去，換來的是瘴痛苦難耐的嚎叫。

抓緊機會，一刻趁勝追擊。

在柯維安驚歎的目光中，在瘴驚悚的視線中，一刻身形快若雷電，頃刻便大幅縮短自己與瘴的距離，近到讓對方要退都來不及。

沒有絲毫猶豫和同情，白針突破了鱗片的防禦，針尖不斷地向前再向前——

終於深深刺入瘴的胸口，然後再從背後貫穿出來。

瘴維持著大張嘴巴的姿勢，似乎想要吶喊出聲，但聲音最終卻被卡在喉嚨深處，再也沒有衝出的機會。

那雙亮著不祥血色的眼睛瞬間熄滅了光芒。

外觀像大蜥蜴的怪物陡然倒地，發出「砰」的一聲，接著綠色鱗片如潮水般退去。

不消一會兒，躺在狼藉地上的不再是異形怪物，而是恢復爲一名年輕男子。

男子部分身軀隱約呈現透明，說明了他並非人類的事實。

「哇喔，我眞的是被阿飄附身耶！太不可思議了！」

柯維安從地上爬起，好奇心滿滿地靠了過來。他蹲在男阿飄身前，四處張望一下，然後抓了根樹枝，打算戳戳對方的身體。

「別玩了。」一刻拍開柯維安蠢蠢欲動的手，「估計他也覺得不可思議吧，居然會附到一個半鬼的身上，所以說是怎麼回事？」

「嗯……」向來自喻最了解一刻的柯維安，立即掌握到對方想問的重點，「老實說，我也不太清楚耶。總之我進來森羅後，就被投放到男廁去，然後就被這位阿飄先生附身了。我合理懷疑，這是開發部想要趁機報復。」

「你做了什麼？」

「把他們的桌面全部換成我精心收藏的可愛小天使！」

「靠，你活該被報復……然後呢？」

「然後我就像失去了身體的控制權，唔，感覺有點像靈魂出竅，站在一邊看著自己的身體，卻沒辦法做出任何事。」

「屁啦，你還有辦法宣揚你對小孩子的愛，連那個鬼都對你甘拜下風了。」

「欸嘿嘿，這就是紳士的力量啊，小白。不管怎樣我眞是太感動了，小白，謝謝你特地跑來男廁救我啊！」

「被你這樣一說，老子都想後悔救你這件事了。」

「別那麼冷淡啊，小白，爲了感謝你的救命之恩，請務必——」

柯維安仗著是在結界裡，就算再怎麼拉高分貝也不會引來他人的注意力，他用力地大聲喊著後面的三個字。

然後在一刻等著他剩下句子的時候，冷不防地往前撲去，用力抱住沒反應過來的對方，最後才笑嘻嘻地說完最後的幾個字。

「收下我愛的抱抱！」

已經被抱住的一刻一時還沒回過神，反而是抱人的柯維安忽然覺得有哪邊不對勁。

他抬頭看著那張和記憶中有著落差的面孔。

他知道森羅裡設定的是他們高中時期，所以一刻的個子沒大學那麼高很正常，臉看起來比較稚氣也很正常。

雖然說五官好像更柔和一點，稜角沒那麼鮮明。

除此之外，還有觸感。

沒錯，就是觸感。

柯維安腦中彷彿有一道落雷劈下，總算被他發現最大的不對勁源自於何處。

他放開環抱住一刻的雙手，往後退了幾步，狐疑地端詳起對方。

他家甜心抱起來好像更軟、更瘦，特別是胸口處，軟綿綿的感覺似乎更加明顯……

「幹嘛？看屁啊。」被人盯著看的一刻瞪了過去。

「不是，我就是……」柯維安摸著下巴，開始翻找起腦內的記憶，好審視自己是不是漏了什麼。

然後他找到了。

「囉嗦囉嗦囉嗦囉嗦！蘿莉控煩死了！平胸女也煩死了！平胸同樣也沒有推倒的價值啊啊啊！」

「什麼？他、她是女的!?根本看不出來啊！」

有一瞬間，柯維安的腦袋呈現一片空白。他慢慢地再將視線挪回一刻臉上，再來是胸口處。

很不顯眼，可比起男性……確確實實是有那麼一點弧度突起的。

柯維安張口結舌，「不是吧……」

「到底什麼東西不是？」一刻不耐煩地問道。

「不不不不不是吧！」柯維安沒回答一刻的問題，而是震驚萬分地拔高了聲音大吼，「甜心，妳又變成女的了!?」

「幹！你一定要強調『又』就是了嗎？」一刻不爽地說，「講得老子好像時常變一樣。」

「在別人的妄想裡或小本本中，大概就是時常了。」

「啊啊？你說什麼？」

「沒沒沒，的確沒時常。」柯維安趕緊說：「不過小白的身材怎變得比較幼……」

柯維安本來想說「幼兒體型」的，但看見一刻殺人似的眼神，果斷地將後面的三個字吞了回去。

「咳，我是說小白妳這樣也很好看啊，很適合你們利英的女生制服。」

被誇獎的一刻一點也不感到高興，她直接轉了話題，「先不管你怎麼衰到被投放到三年級大樓的男廁，你在潭雅這邊有地方住嗎？」

柯維安是很想說沒有，這樣他家親親小白就能收留他了，可是想到對方的那對青梅竹馬也在這個世界裡……

柯維安覺得爲了自己的人身安全，還是別實行這個計畫了。

「我在這邊的設定好像也是利英的學生，不過是三年級的。」柯維安屈指敲敲自己的額角，「我腦子自動跑出的訊息告訴我，反正這個世界的人會自然而然接受我的存在，認爲我就是利英三年一班的學生。」

一刻對這個看似嚴謹又似乎很隨便的遊戲無話可說了。

「別在意，只要想著這可是開發部和我師父一起開發出的東西就好了。」柯維安安慰道。

一刻覺得這聽起來莫名有說服力。

放棄再糾結嚴謹性的問題，一刻簡單敘述起眾人的狀況，「夏墨河在別的學校，他說很快就會回來利英。蔚可可、蘇冉、蘇染，還有楊百罌，都在利英，蘇染跟楊百罌和我同班。」

「欸欸欸？班代也在利英嗎？」

「套句你說的。」

「喔喔，也對。開發部嘛，多奇怪都不奇怪。」

「然後蘇染、蘇冉、楊百罌他們三個，沒了自己當神使跟狩妖士的記憶。」一刻說，「像是他們認爲自己本來就是這世界的一分子……你幹嘛一直盯著我？」

發現柯維安像是沒在聽自己說話，一刻眉頭皺起。

「因爲我現在才意識到一件事。」柯維安眼睛閃閃發亮，「在我面前的可是女高中生版的小白耶，這怎麼想都是超稀有的啊！沒辦法拍照留念的話，請再讓我抱一次吧！」

話聲還沒落下，柯維安已發揮了爆發力，兩隻腳像裝了彈簧一樣，猛地撲往一刻。

一刻臉色一變，決定這次絕不會讓柯維安輕易得手。

沒想到就在這瞬間！

兩束紅影疾如迅火地從高空俯衝而下，猝不及防地斜插入柯維安與一刻之間的地面，刀尖深深刺入地裡。

兩把烙著赤紅雲紋的長刀交叉形成了一個×形。

柯維安瞪大雙眼，驚恐地硬生生煞住腳步。

然而尚未等到柯維安和一刻吃驚地大叫出那兩把長刀的主人名字，一道冷冽的少女嗓音如閃電劃下。

「汝等是我兵武，汝等聽從我令，飛鳶！」

明黃色多道疾影衝來，像一隻隻黃色小鳥，尖尖的鳥喙毫不客氣地就往柯維安身上啄。

「哇啊啊！小白救命啊！」柯維安閃躲得狼狽，一邊蹦跳著，一邊手忙腳亂地試圖將那些由符紙摺成的小鳥拍打開。

一刻壓根沒理會柯維安的哇哇大叫，從那幾隻符鳥的攻擊力道來看，警告性質遠遠大過危險性質。她驚愕地扭頭張望周遭，喊出了那對她而言再熟悉不過的三個人名。

「蘇染、蘇冉、楊百罌！」

就像在呼應一刻的喊叫，三年級大樓外前方的空地附近，接連走出三道人影。

其中兩人除了髮型和性別不同外，乍看下就像鏡裡鏡外的影像，是黑髮藍眼的少年和少女。

少女戴著粗框眼鏡，墨黑的長髮綁成兩條辮子，垂在背後，面容清麗知性；少年看起來安靜俊美，戴著耳機，稍嫌過長的劉海快壓到眼睛，渾身散發出的是一股疏離、不喜與人接觸的氣質。

而最爲特別的，便是在少女的右邊臉頰和少年的左邊臉頰上，分別攀繞著宛如火焰的鮮紅紋路。

與黑髮雙胞胎從不同方向走出來的，則是一名五官明艷，令人想到正開綻的花朵的褐髮少女，臉蛋上的惱怒表情更突顯了那美貌的侵略性。

「班……班代！小染！阿冉！」柯維安終於把那些符鳥都拍開了，他看著從兩側出現的三個人，目瞪口呆地大叫著，「你們……你們怎麼……」

小白不是說他們三人沒有神使和狩妖士的記憶嗎？怎麼會？

柯維安心中所想的，也是一刻此時想問的。

蘇染一眼就看穿一刻眼中的疑問，她收回武器，伸手推扶了下鏡架，「我們想起來了。原本是覺得妳今天的行爲有點怪怪的，就決定開始跟蹤，百罌也加入。」

「然後見到剛剛那幕，就想起自己爲什麼在森羅小世界裡。」蘇冉平靜地說，屬於他的長刀跟著一併散化爲光點。

「想起來就好……」一刻大大鬆口氣，對蘇染他們的跟蹤早就習以爲常，頂多是意外於楊百罌居然也會加入他們的行列，「靠，今天早上害老子差點嚇一跳。楊百罌，妳也都想起來了嗎？」

「我以爲我表現出來的行爲已經很明顯了。」楊百罌板著臉說道，隨即那雙美眸轉向柯維安，射出的眼神凌厲如刀，「隨隨便便對女孩子動手動腳，你難道不曉得這是性騷擾了嗎？」

「呃，啊，我……」柯維安被瞪得反射性舉高雙手做出投降姿態，他這時才猛然意會過來一刻目前的性別和自己不同的事實，「那個，就是不小心忘記了。」

「這種事是能輕易忘記的嗎？啊？」楊百罌的語氣像是可以把人凍僵，她走向一刻，直接挽住了對方的右手，冷酷的目光沒有離開柯維安身上。

一刻被這突來的舉動弄得一懵。

但接下來，令她更爲愕怔的局面出現了。

蘇染也走上前，挽住了她的另一隻手臂。

兩名女孩子幾乎是緊貼著自己，近得讓她能感受到從她們身上傳來的淡淡香氣，以及皮膚散發的溫度。

一刻簡直像是當機了。

「女孩子的身體不能亂碰。」蘇染淡然地說，但那道清冷的聲音讓柯維安反射性想縮縮脖子，「尤其是一刻的，我和百罌不會允許。」

「我也不會。」蘇冉說。

本能產生的求生欲讓柯維安馬上挺直背部，兩隻手貼在腿側，鏗鏘有力地說，「小的不會了！」

「不要以爲只有意識進來，在這裡的碰觸就不算是實質上的身體碰觸。」楊百罌強調說道。

也就是這句話，讓柯維安察覺到異於平常的事情。

無論是蘇染、蘇冉或是楊百罌的態度，他們看起來就好像認為一刻是女的是理所當然的事。

就算蘇家雙子曾見過一刻的女生版，但楊百罌從來沒有，照理說，她的反應不可能如此冷靜。

而且，她剛剛說的那句，不管怎麼聽都像是……

「抱歉，我提問一下啊。」柯維安小心翼翼地舉起手，「班代、小染、阿冉，你們眞的沒有覺得小白有哪裡不對勁嗎？」

「除了變成高中生版本之外，還有嗎？」楊百罌挑挑眉梢。

柯維安張張嘴巴，發現到是哪裡不對勁了。

同時，一刻霍地回過神。她像被燙著似的，急急想抽回自己的手，想要從兩名少女的親密接觸中抽身，卻看見柯維安忙不迭對自己使著眼色。

穩住，小白穩住，先別反應那麼大！

一刻第一個念頭是什麼鬼？隨後她慢一拍地意會過來。

剛剛，蘇染和楊百罌究竟說了什麼。

靠靠靠！她倆的意思聽起來分明就是自己不管是在現實還是在森羅裡，都是性別女啊！

這下一刻顧不得抽回自己的手了——事實上，兩名少女的手勁一點也不小，毫無鬆開的意思——她的心裡跑過一長串對開發部的咒罵。

要讓人回復記憶不能完全回復嗎？

留下這麼一個BUG是幹嘛用的！

「一刻怎麼了嗎？」蘇染敏銳地發現一刻表情有異。

「沒、沒事。」一刻迅速繃著臉，乾巴巴地說道，對於蘇染她們的貼近還是渾身不自在，她努力找了個理由，「我手機好像有震動，妳們放開我，讓我看一下。」

兩隻白皙漂亮的手總算離開一刻的手臂。

一刻馬上拿出手機，沒想到隨口胡謅的藉口還眞的成眞了。

手機裡的「看我」又發出了新通知。

維持好人設。

維持人設個屁啊！一刻險些要破口大罵，這擺明就是要她假裝自己是女孩子，不能讓蘇染、蘇冉，還有楊百罌，覺得哪邊不對勁。

開發部這是想玩她吧？

心裡飆過無數髒話，但一刻最後只能深深地吸了一口氣，面無表情地宣告：

「有事明天再說，現在通通滾回自己的家睡覺！」

第七章

沒什麼事是睡一覺後解決不了的。

一刻向來這麼深信著。

只是當她隔日醒來發現自己還是女兒身，而手機還收到了蘇染跟楊百罌發來的N條女孩注意事項。

她對這世界頓感絕望。

她把自己扔回床鋪裡，拉上棉被，想要在這個週末繼續裝死睡覺，不想太快去面對現實。

很快地，那支被她扔到一邊的手機傳來響動。

不會是蘇染或楊百罌打來的吧？

一刻撈回手機一看，發現是蔚可可。

「喂？幹嘛？」一刻剛起床的聲音有些啞啞的。

手機另一端安靜了好幾秒，讓一刻都懷疑是不是斷線了。她拿開手機一看，螢幕上仍舊好好地顯示出通話中狀態。

「喂？蔚可可？」她不耐煩地催促道。

「哇！宮一刻！」蔚可可聲音響起，帶著驚歎的語氣，「我第一次知道女孩子的聲音可以這麼性感耶！」

一刻二話不說地掛了電話。

手機立即又瘋狂響起鈴聲，「蔚可可」三個字就出現在螢幕中央。

一刻接了起來，劈頭就先扔下警告，「蔚可可，妳要是再說那些三五四三的……」

「唔哇哇哇！甜心妳的聲音眞的很性感耶！」手機裡傳出的是另一道聲音。

幹！一刻差點捏爆手機。

「柯、維、安。」她咬牙切齒地說，字字裡充滿了起床氣和殺意，「你和蔚可可都是閒得想找死嗎？信不信老子成全你們！」

「抱歉啊，一刻。」手機又換人說話了，這回是一道溫和如潺潺流水、偏向中性的好聽嗓音，初聽之下會難以認出性別；但再細聽，就會發現這應當是一名男性。

「夏墨河？你們三個怎麼……算了，等我十分鐘，我先去刷牙洗臉，等等我回撥。」一刻放棄追問這三人怎麼一早就湊在一塊，踩著室內拖鞋前往廁所。

等到把自己打理完畢，她才又撥了電話回去給蔚可可。

蔚可可似乎深怕自己又惹怒一刻，負責接起電話的人是夏墨河。

「早安，一刻。」夏墨河笑吟吟地說，「維安昨晚聯絡我和可可了，所以我們現在都在維安家。」

「對的對的，小白我自己租房子，不會有人打擾，很方便的！」柯維安在旁喊道。

「啊啊，好羨慕啊，我也想自己一個人住，不過我老哥估計第一個不答應。」蔚可可跟著插話，「欸欸，你們說我哥這樣算是妹控嗎？」

不論是一刻這邊，或是夏墨河、柯維安他們那邊，都陷入了死寂。

半晌，一刻能聽見夏墨河委婉地說：

「可可，我想蔚商白……嗯，是怕妳一個人生活會無法自理。」

「直接跟她說，蔚商白怕她把自己蠢死吧。」一刻不客氣地吐槽。

夏墨河自然沒有把這句真相轉達給蔚可可。

不過一刻隨即就聽見蔚可可的嘆氣聲。

「算了，那兩個字跟我哥實在太不搭了，想想就好可怕。墨河、墨河，你叫宮一刻快過來啦！」

「我想一刻妳應該聽見了。」夏墨河笑著說，「我把維安的住址傳給妳，我們等等見了。」

將夏墨河發來的地址輸進地圖裡，一刻發現離自家還不算太遠。

打開衣櫃，看著掛在裡面的內衣，她鬱悶地吐了一口氣。真不想穿這玩意，但不穿又不行。

上廁所就算了，反正就是坐在馬桶墊上；洗澡就又是另一項痛苦，必須直視自己真的失去了下面那隻鳥的事實。

不管再怎麼心煩，一刻還是得乖乖換上女生內衣、內褲，然後再套上上衣跟牛仔褲，才有辦法出門。

留了紙條在客廳，一刻沒有打擾還在呼呼大睡的宮莉奈，輕手輕腳地關上大門。

照手機上地圖顯示的路線，一刻沒有花太久時間，就找到了柯維安如今的住處。

或許是看在柯維安是張亞紫徒弟的份上，他在潭雅市的租屋處是大樓裡的一間公寓，空間寬敞，容納了四個人還是綽綽有餘。

「太慶幸紅綃是師父的迷妹了。」柯維安喜孜孜地說，熱情地帶著一刻往屋裡走，「這種福利讓人覺得爽爽的……小白，來來來，大家都在客廳。」

「我有眼睛，自己會看。」一刻白了一眼，門一打開就是客廳了，最好她會看不見坐在裡面的兩個人。

「哈囉，宮一刻。」蔚可可揮著手。

「嗨，一刻。」夏墨河今日也是女裝打扮，白色的裙裝讓他顯得飄逸清靈。不知情的人瞧見了，還以爲沙發上坐的是兩個女孩子。

柯維安從冰箱拿了幾瓶飲料出來，以防萬一，他沒忘記問一刻，「小白，妳現在方便喝冰的嗎？」

「啊？爲什麼不方便？」一刻問完後，才反應過來柯維安指的是什麼，她臉一黑，「靠」了一聲。

「甜心？哈尼？」柯維安還在等著回答。

「方便、方便，行了吧？」一刻沒好氣地說，同時心裡也慶幸還好自己進來森羅沒碰上女孩子的生理期，不然她鐵定會留下心靈陰影的。

聞言，柯維安立刻抱著飲料走回客廳。他看了一眼一刻隔壁的空位，又想到對方目前的性別，以及來自蘇染、楊百罌的警告，只能扼腕地選了別的位子。

「你們三個怎麼那麼早就聚在一起？」一刻問道。

「小白，妳昨晚不是說有事通通改今天說嗎？」柯維安笑嘻嘻地說。

「宮一刻，妳太過分了啦。」蔚可可不滿地控訴，「昨晚居然沒通知我們，自己就偷跑到利英去了。要不是維安跟我們說了，我們都不知道昨天發生什麼事呢。」

「我也是臨時起意。」一刻懶得多解釋，隨口帶過，「反正找到柯維安了嘛。」

「還有小染、阿冉、班代也回復記憶。」柯維安愉快地說，「就差找到理華跟我師父，就大功告成了。」

「錯，還有讓你師父也回復記憶。」一刻潑了盆冷水，「你忘記紅綃他們說過的嗎？帝君也失憶了。」

「記憶這種問題，等先找到師父人再說啦。」柯維安倒是心放很寬，「現在最重要的是……」

「找到理華。」一刻想也不想地說道。

然而在場的另外三人卻是有志一同地搖了搖頭。

一刻眉毛緊緊擰起，不認爲還能有什麼事比找出理華更爲重要。

「宮一刻。」蔚可可說，「維安昨天也告訴我們了，小染他們的記憶沒全回復，他們認爲妳本來就是女孩子對不對？」

一刻瞪了柯維安一眼，「就你話多。」

「冤枉啊，小白。等可可他們和小染他們碰面，也會發現這件事的，不如我先說出來，讓大家有個心理準備啊。」柯維安爲自己辯護。

一刻咂了下舌，但也同意柯維安說的有道理，「之前不是提過我手機莫名其妙多了個叫『看我』的APP嗎？會跑出各種提示。」

「我記得。」蔚可可搶著說道：「它上一次不是跑出了七是關鍵嗎？所以我們大家才想要從校園的七大不可思議著手。」

「昨晚又跑出一個，叫我維持人設。」一刻說，「加上蘇染他們認爲我是女的這件事，我猜它的意思就是要我繼續裝作我本來就是個女的。」

最後的幾個字，一刻說得是咬牙切齒。

「就是這個啊，小白。我們找妳過來，就是要說如何在小染他們面前保持正常。」柯維安說，「像昨天小染和班代勾住妳的手的時候，妳的反應就有些太大了。」

「那是因爲她們突然靠過來。」一刻爲自己辯駁。

「嘖嘖嘖，妳這樣不行啊，宮一刻。」蔚可可搖著食指，「來，現在讓身爲女生的我告訴妳。女孩子間的牽手、摟摟抱抱都是很常見的，附帶一提，牽手也包括十指交扣那種喔。」

一刻絲毫沒辦法理解女孩子這種生物。

「一刻妳平時的行爲舉止不須有什麼改變。」夏墨河說，「除了不要太在意蘇染和楊百罌對妳的親密。」

「妳不習慣女孩子的話，就把她們想成男孩子嘛。」蔚可可出著主意。

「我謝謝妳喔。」一刻抓了顆抱枕就往蔚可可的方向扔，順便扔出了眼刀子，「這意見爛透了。總之，就是要我對蘇染和楊百罌的小動作以平常心看待，對嗎？」

「說的沒錯！」柯維安鼓勵性地給一刻拍手，「小白加油！」

「老子盡量……」一刻無力地往沙發一癱，「這個所謂的優先事說完了，再來該找理華了對吧？」

「還是錯。」柯維安用兩隻手臂在胸前比出一個×，「再來是要通知班代他們過來我這啦。七大不可思議和理華的事，要大家一起討論才有辦法進行嘛。所以說……」

「說啥？」一刻眼神瞥向柯維安。

柯維安笑嘻嘻地說，「要小白妳負責通知啦，只要是妳打過去，他們絕對不會漏接的。」

另外兩人不約而同地點點頭。

被交付任務的一刻認命地拿出手機，開始翻起通訊錄。

就算有柯維安等人幫忙做心理建設，給出一番建議，但是當蘇染和楊百罌再自然不過地往一刻的左右邊坐下，並且還貼得相當近，手放在她手背上跟腿上的時候，她還是

差一點就要跳了起來。

蔚可可馬上給她不贊同的眼神，只差臉上沒寫著「妳太大驚小怪啦！」。

一刻在心裡默唸：想想莉奈姊，想想織女，把兩邊的人當成她們，相處起來就會沒壓力了。

這種心理暗示多多少少還是起了一點效果。

起碼一刻現在總算沒有最初的坐立難安了。

柯維安再一次感謝起自己的師父是文昌帝君，開發部長的偶像，讓他住這麼大的屋子，能夠容納原本包含自己在內的四人，再加上後來的蘇染、蘇冉和楊百罌。

「咳嗯。」身爲屋子的主人，柯維安責無旁貸地攬下了開場任務，「在說正事之前，還是先替大家互相介紹一下。班代，我旁邊這位是夏墨河，小白的高中同學，性別男。墨河，那位是我們中文系的班代，楊百罌，她雙胞胎弟弟就是小白的神使。」

楊百罌銳利的視線瞬間投向夏墨河。

「妳好。」夏墨河彷彿沒感受到對方視線裡含帶的審視，揚起了一抹溫柔的微笑。

「然後就是理華……」柯維安的話還沒說完，蔚可可就先舉起手。

「我我我，理華讓我來介紹啦。百罌，我和我哥的神是理花大人，然後理華就是理花大人的獨立分身。嗯，當成理花大人的孩子來看也是可以的。好了，我說完了。」

「那就從理華開始說。」柯維安接下話，「有我作爲先例，我猜測理華會不會也跟我一樣，在進來森羅的時候被投放到奇怪的地方，然後碰上了麻煩，才沒辦法出現在我們面前。」

客廳裡所有人都已經知道發生在柯維安身上的事了——被扔到學校男廁，還被男廁裡的阿飄操控，成爲學生口中的不可思議。

「你覺得理華也有可能被七大不可思議之一困住？前提是利英有所謂七大不可思議。」一刻不自覺地看向蘇染，「有嗎？」

「事實上，確實是有的。」蘇染流暢地背出來，「男廁裡會丟出選擇題的男生鬼魂、水池的紅色並蒂蓮花、通往天台的第十四級階梯、沒人敲卻會持續響的門、位置不固定的畫、花園裡的竊竊私語，這些就是利英的不可思議。」

「嗚哇，說得太快啦。」蔚可可苦著一張臉，記了後面忘記前面。

柯維安早就抱著自己的寶貝筆電，以最快速度把蘇染說的全打上去，再統一發送到他昨晚就建立好的LINE群組裡。

發完後，才猛地注意到一件事。

蘇染說的，才六項。

「等等，小染。」柯維安連忙問，「這樣才六個……七大不可思議還少一個耶。」

「哎哎，眞的耶。」蔚可可吃驚地看著手機上的訊息，又看向蘇染，「小染？」

「利英的七大不可思議只有六個。」蘇染淡然地說。

「咦？」柯維安拔高了聲音。

「你有哪一個字聽不懂嗎？」楊百罌冷冽地說。

「呃，每個字都聽得懂。可是……」柯維安摸摸鼻子，覺得他們班代冷冰冰的眼神，像在看著屢教不會的笨蛋。

而那笨蛋顯然就是自己。

「蘇染沒說錯，有七大不可思議，但流傳出來的只有六個，第七個要觸發。」戴著耳機的情況下，蘇冉仍沒有遺漏任何對話，他平靜地替自己的雙胞胎姊姊做了補充。

「既然直到現在只有六個，表示都沒人觸發過？」一刻抓住了重點。

蘇冉頷首。

「第七個，根據學生間的流傳……」蘇染也沒有賣關子，「在三天內讓六個不可思議都發生，就能觸發它。」

「沒有限定要同一批人把六個都碰上吧？」夏墨河問。

「沒有。」蘇染說，「只要讓六個不可思議在三天內發生一遍就可以了。」

「呼，那就好……」柯維安安心地拍拍胸口，也沒問沒人觸發過第七個不可思議，又怎麼會有人確定只要如此做就能達成目標。

開發部嘛，一切都不奇怪，估計是給利英學生做了如此的認知設定。

蔚可可反應過來，「啊，是要分組的意思嗎？大家負責觸發不同的不可思議這樣？那要怎麼分呀？」

蔚可可本來只是無心一問，但她這問題一出口，換來的是一室乍然的沉默。

有四雙眼睛馬上毫不掩飾地直勾勾盯住白髮少女。

蔚可可覺得自己好像看見了四隻大灰狼在盯小白兔……啊，不對，柯維安戰力太弱，和百罌、小染、阿冉比起來只能算是小狗狗。

至於那隻小白兔的戰力則是強到爆錶。

發現自己不小心又胡思亂想，蔚可可趕忙把腦內的想像畫面拍散。她重提自己的問題，「宮一刻，要怎麼分組？抽籤嗎？還是分男生女生？」

「分男生女生我們沒意見。」蘇染和楊百罌異口同聲地說。

「欸？和男生在一起太無……」柯維安及時地把最後一個字吞下去，不過其他人也猜得出來他想說的不是無聊就是無趣，「那個，我個人意見是抽籤，抽籤最公平了。」

「我也認爲抽籤是不錯的辦法呢。」夏墨河和柯維安站同樣立場，他微微一笑，「這樣一刻不管和誰分到一組，相信大家都不會有意見的。」

「又干我屁事啊……」一刻莫名所以地嘀咕著。

聽聞夏墨河這麼說，其餘人對視一眼，最後一致同意了這個方式。

柯維安自告奮勇地做了籤出來，其實也就是在幾張白紙上畫上對應的簡單圖案。由於總共有七個人，有一組勢必得三人行。

柯維安是最後一個抽的。拿起桶子裡孤伶伶的那張紙，他抱著既期待又怕受傷害的心情，慢慢地將摺成好幾層的紙拆開。

看見了一個星星符號。

然後，他再慢慢地抬起頭，看向了眾人的籤紙。

另一個星星符號就在楊百罌手上。

柯維安搗著胸，倒回沙發，內心裡只想著嚶嚶嚶。班代是超級美少女，他也喜歡美少女，當然最愛的還是小天使。可是、可是……

這位美少女同時還是座超級冰山啊！

得知自己的搭檔是柯維安時，楊百罌面無表情，只是暗地彈了下舌，帶著幾分嫉羨地看向蘇染及蘇冉。

和蘇家雙子同組的人是一刻，他們也是唯一的一組三人行。

蔚可可看著自己紙上的三角形，再朝同樣也是三角形符號的夏墨河揮揮手。

夏墨河的笑顏秀麗如畫。

速戰速決向來是一刻等人的行事風格。

既然今天是週末，學校沒什麼人，怎麼看都是適合展開行動的好日子。

根據傳聞，除了男廁中會丟選擇題的阿飄外，其他不可思議都是在晚上容易碰上。

因此，一刻他們決定等入夜後就潛入校園裡。

他們分到的攻略目標分別是——

一刻、蘇染、蘇冉，水池的紅色並蒂蓮。

柯維安、楊百罌，通往天台的第十四級階梯。

蔚可可、夏墨河，沒人敲卻會持續響的門。

每個人的手機裡都還有一份關於利英不可思議的說明。

一刻認眞看著他們這組要負責的紅色並蒂蓮。

據說，在有月亮的晚上，利英的一座水池會開出一株紅色並蒂蓮花，花瓣的顏色就像鮮血染上的一樣，而那抹紅還會擴散到水池中，遠看就像紅蓮花浸泡在血池中。

是利英不可思議中最難碰上的一個。

「看起來挺像鬼故事的。」一刻下了評論。

此刻，他們一行七人正待在利英高中附近的便利商店裡，從他們坐的位子能清楚看見警衛室的動態。

他們在等校警離開警衛室，到校園他處巡邏的那個空檔。

如此一來，既不用登記姓名學號，也省了翻牆的麻煩。

時間一到，警衛室裡的那抹深藍身影果然準時起身走了出來。

隨著那抹身影消失在視野中，一刻他們也走進了利英高中。

一踏入校園，一刻立即取出自己隨身攜帶的白線，扯斷一截往空中拋扔，不過眨眼間，神使的結界已成功布下。

「有問題就聯絡，聽到了沒？」一刻語帶威脅地說道。

所有人都聽得出來她凶惡語氣下的關心。

「放心吧，小白，我覺得不會有什麼問題的。」柯維安笑出一口白牙，「這可是紳士的直覺喔。」

「喔。」一刻無比冷漠地說，「我知道了，變態的直覺。」

「不是啊，甜心，妳聽我說！紳士和變態真的是截然不同的物種！妳千萬不能把它們放在同一個位……」柯維安聲嘶力竭的辯解還沒喊完，就被另一道冰冷女聲蓋過。

「汝等是我兵武，汝等聽從我令，裂光之鞭！」

閃耀著熾白光芒的長鞭不是用作攻擊，而是飛快捲住了柯維安的手，直接扯著人往另一端走。

楊百罌素來不喜浪費時間。在她看來，等柯維安說完，她都能完成不少事了，不如把對方無意義的廢話乾脆俐落地截斷。

「維安慢走啊。」蔚可可雙手合十地向柯維安道別，隨後也跟一刻他們搖搖手，「宮一刻，那我和墨河往這邊去了。」

「嗯，多注意點。」一刻這話是對著夏墨河交代的。

深一層的含意就是——多注意蔚可可這個天兵又粗神經的丫頭一點，別讓她惹出麻煩，也別讓她陷入危險還不自知。

夏墨河自是讀懂一刻的言下之意，他笑著點點頭。

想到夏墨河謹慎又細心的性子，一刻覺得自己或許也不用像個老媽子操那麼多心。她不由得慶幸還好分組時，蔚可可和柯維安是被拆開的，要是他們倆同組，那麼她肯定要強制重抽。

光想像那兩人不嫌事大又喜歡熱鬧的個性，一刻都感到頭要痛起來了。

「一刻，怎麼了嗎？」見一刻依舊盯視著蔚可可他們離開的方向，蘇染出聲問道。

「怎麼了嗎，一刻？」蘇冉也問。

「沒事，就是想還好蔚可可沒跟柯維安同組。」一刻也沒隱瞞心中想法，她把注意力重新轉回到他們的目標上，「會開並蒂蓮的水池……傳聞裡沒特別提到是哪座水池對吧？蘇染，妳認爲要先從哪個開始？」

利英高中內的水池共有三個，三個都種有蓮花，乍看下似乎都符合條件。

「就從離我們近的開始找吧。」蘇染提出了實際的意見。

三人都曾是利英的學生，對於校內建築分布自然很清楚。

學校裡的水池分別位在男生宿舍利苑、女生宿舍英苑，以及被四棟大樓圍在中間的庭院雅園之中。

現在，離一刻他們最近的便是雅園裡的水池。

被夜色包圍的學校格外安靜，所有人聲像被隔離在外，與平日的喧鬧完全不同。明明是熟悉的景象，卻讓人恍如踏入了不同的空間。

一刻習慣性地想要走在最前端，然而這一次，這個位置卻被蘇冉佔去了。

一刻反射性想叫蘇冉走在自己後面，免得待會碰到什麼，自己可以第一時間保護他們。但話來到舌尖，卻又因為蘇染拉住自己的手而嚥回肚子內。

「一刻，我們不是說過了，晚上的時候要讓蘇冉走前面。」蘇染牽住一刻的手指，「最近新聞上變態很多，妳身為女孩子要多加留意，妳常常會沒有這個自覺。所以除了讓蘇冉走前面，妳還要記得牽好我的手。」

好像很有道理，又好像哪邊怪怪的……一刻納悶地想，但思及柯維安他們曾叮嚀過，女孩子之間有親密的接觸很正常，頓時也不再多想。

就是和蘇染手指交扣的感覺……

一刻說不清是什麼，似乎有股細微的麻癢從手心往上竄，竄到了心頭去。除此之外，最後的感想便是……

蘇染的手指扣得還真緊啊，簡直像擔心她隨時會走丟似的。

不像校門處還亮著充足的燈光，被包圍在建築中間的雅園顯得幽暗，陰影將植物邊緣融得模糊，看起來有如未知的生物，一動也不動地趴伏在那。

雖說身為神使的三人在夜間亦能清楚視物，但他們仍是習慣性地打開了手機裡的手電筒功能。

白色的光束往前照射，一路來到了雅園的水池前。

幾個淡粉色的蓮花花苞直立在水上，隱約還能見到池裡有小魚游竄。

看到水，一刻不禁想起理華，「也不知道能不能快點發現跟理華有關的線索……」

就算理華已經成長爲少年，但在一刻的記憶裡，對方還是那名板著小臉、努力想裝成熟，可一旦慌得不知所措時，仍會放聲大哭的小男孩。

至今下落不明的他，讓一刻相當擔心。

「可能會，可能不會。」蘇染說，「不過可可沒感應到什麼不對勁的話，理華的安全，我想是不用太擔心的。」

這話讓一刻安心不少。她想鬆開蘇染的手，上前仔細觀察水池，卻反被對方主動拉著往前走。

水池看起來沒有什麼異常，在月光和手電筒光線的照射下，只是普通有花有魚的小池子。

一刻看了半天，也沒發現有新的花要冒出來的跡象。

「除了有月亮的晚上之外，還有什麼特殊條件才能觸發嗎？」一刻問。

「長得好看。」蘇染說。

一刻以爲自己聽錯了，「啥？」

「長得好看。」蘇冉重複一次，證明一刻並未聽錯。

一刻啞口無言。

這什麼鬼條件？還要長得好看？難不成那朵蓮花還是看臉才肯長的嗎？

蘇染和蘇冉一致用點頭表示一刻心裡想的沒錯。

「靠夭啊……」一刻早就學會別問她的青梅竹馬爲什麼總能輕易看穿自己的想法，反正他們就是有辦法，「性別呢？有指定要男的還女的嗎？」

這疑問剛出口，三人便同時想到紅綃曾給出的提示。

帝君比較喜歡女孩子。

姑且不論這不可思議會不會與張亞紫扯上什麼關係，也許這朵蓮花的愛好也會被設定得跟張亞紫一樣，都喜歡女性。

一刻不假思索地說，「蘇染，妳往前一點看看。」

卻沒想到蘇染和蘇冉異口同聲地說，「一刻，妳往前。」

一刻難以理解地看著這對姊弟。在她心裡，現場稱得上好看的女孩子就只有蘇染而已了。

但或許蘇染他們是發覺了什麼自己不知道的細節也不一定，一刻還是依言往水池靠近，探頭看了看水面。

什麼事也沒發生。

一刻毫不意外，她朝蘇染勾勾手指，「就說要妳來。」

只是即便蘇染上前，甚至連蘇冉都試了一次，那座小水池還是一絲動靜也沒有。

頂多一隻青蛙突然跳至蓮葉上，那雙瞅著一刻三人看的眼睛，彷彿正明晃晃地寫著——

愚蠢的人類。

和那隻青蛙大眼瞪小眼一會，一刻訕訕地收回視線，和蘇染他們轉到下一個地點。

也不曉得是不是紅色並蒂蓮對臉的要求太嚴苛，一刻他們之後去了利苑和英苑的水池還是一無所獲，兩座水池同樣沒有半分異常。

「見鬼了，是哪裡出差錯嗎？」一刻抱怨道：「既然是對長得好看的人感興趣，你們兩個湊過去，那朵蓮花不就該出來了？」

相較於一刻的鬱悶，被她誇好看的蘇染和蘇冉倒是心情愉悅，兩人唇角隱約帶笑。

「這也太難觸發了吧？」一刻吐出一口氣，踢了地面一下，「蘇染，學校裡確定只有三座水池嗎？有沒有可能森羅裡的利英多了什麼？」

「沒有，還原得很徹底，學校沒有哪邊不同。」想了想，蘇染做上補充，「除了多出不可思議外，眞的就只有三座池子。」

「有第四座。」蘇冉冷不防地開口。

兩雙色澤不同的眼睛瞬間望向語出驚人的黑髮少年。

「如果把那算進去的話，就有第四座。」蘇冉說。

「那是什麼？快說啊！」一刻催促。

蘇冉轉過頭，視線投向了他們的斜前方。

一刻他們反射性跟著轉過去，映入眼中的是另一幢建築物。

蘇染眼中滑過恍然。

「你不說我還眞沒想到……」一刻勾起嘴角，眼裡閃過銳利的光。

坐落在英苑斜對面的建築物，是體育館。

而體育館的地下一樓則是游泳池——那的確是一座水池沒錯。

發現盲點的一刻等人立即朝體育館奔去，他們三步併作兩步地跑下樓梯，來到了一片黑漆漆的地下一樓。

蘇染找到了電燈開關，隨著頂上的燈盞盞亮起，本來漆黑的空間頓時亮如白晝。

燈光在水面上形成光斑，氯獨有的氣味瀰漫在三人的鼻前。

沒等到一刻他們站至泳池邊，他們就知道，這次找對地方了。

因爲平靜的水面驟然湧起波紋，緊接著力道加劇，成爲了洶湧的浪濤。下一剎那，一抹紅影竟從水中竄冒出來。

與一般蓮花不同，綠色的莖桿上赫然有著兩朵鮮紅色的蓮花花苞。在一刻等人嚴陣以待中，花苞不再是緊閉狀態，一瓣瓣的花瓣往外打開，直到兩朵蓮花完全盛綻爲止。

與此同時，清脆的咯笑聲平空響起。一名紅髮白膚的青稚少女忽地出現，她腳尖懸浮在水面，一雙眼眸是淺淺的紅色。

「哎呀。」少女嗓音甜美，像刷過蜂蜜，「有好好看的男孩子呀。我喜歡藍色的眼睛，至於白色頭髮……」

那張小臉皺了起來，露骨地表現著不滿。

「白頭髮的那個不到我的標準，但勉勉強強啦。」

如果不是一刻留意著青梅竹馬的動作，並在他們想要往前衝的時候握住他們的手，恐怕這兩人就要二話不說地對少女展開攻擊了。

「你們倆幹嘛？」一刻低聲地罵，隨後揚聲問道：「妳就是利英七大不可思議的紅色並蒂蓮？」

卻沒想到一刻一開口，紅髮少女登即臉色大變。

「妳的聲音……妳是女的？妳不是男的！」

一刻很想說自己原本確實是性別男沒錯，然而太難解釋了。

很顯然地，紅髮少女也不想聽一刻解釋，她臉色越變越差，「妳是故意騙我的對吧？妳裝成男的，故意要騙我！我最討厭有人故意騙我了！」

「靠！我不是……」一刻覺得自己也太冤了，她長得不夠女性化怪她嗎？

「我好不容易獲得一個高顏值的銀髮美少年當戰利品，心情變比較好了。」紅髮少女充耳不聞，碎碎唸地抱怨著。

銀髮？一刻大吃一驚，他們在找的理華也同樣是銀髮。

「那名少年在哪裡？他的眼睛是不是藍色的！」一刻提高音量。

「我得不到關注已經很難過了，爲什麼就是有人要故意來破壞我的心情？」

「所以說他在哪裡？」

「啊啊，那名美少年本來眞的有治癒到我的……我喜歡他的銀頭髮和藍眼睛……」

一刻他們聽得很清楚，並蒂蓮的戰利品是名銀髮藍眼的少年，這些特徵通通和理華吻合。

「他在哪裡？他現在怎樣了！」一刻急促喊道。

然而紅髮少女宛如沉入自己的世界，「可是可是，偏偏就有人故意來破壞我的心情，它現在一點也不美麗了……」

「我操！妳他媽的是不聽人講話嗎！」一刻怒吼。

「所以我決定了！」紅髮少女倏地拍了雙手，響亮的聲音迴響在地下室之中。她揚起大大的笑容，身下水池漸漸染成紅色，「再綁回一名美少年，肯定就能讓我心情再次愉快了！當然，蓄意欺騙我的人，我也不會放過的！」

一刻放開握著蘇染、蘇冉的手，長長地吐出一口氣，確認了一件事。

她果然是不聽人話。

看著興致高昂，彷彿已經想好要如何好好收藏蘇冉的紅髮少女，一刻將十指折得卡卡作響，朝左右使了個眼神，再向正前方扯開了一抹凶狠猙獰的笑。

暴力不能解決全部的問題。

但是，卻可以解決大部分的問題——例如他們現在碰上的這一個！

第八章

週末的二年級大樓內，理應是一片空空蕩蕩，沒有人聲。但在樓梯間，卻突然出現了腳步聲和喃喃自語的聲音

「通往天台的第十四級階梯……往天台的樓梯只有十三階而已。傳說，如果是個性比較消極負面的人，一踏上了不存在的那階，隔天就會性情大變，彷彿換了一個人似的。因此，也有人說那是被換掉了靈魂……內容都寫得挺詳細了，爲什麼地點卻不肯詳細啊！」

看著手機上的資訊，柯維安忍不住大大地嘆口氣，感覺往上抬起的腳都變得沉重許多。

走在他身邊的楊百罌連個回應也沒給。

這名褐髮少女冷著艷麗的臉蛋，似乎連那雙眸子也挾帶著寒冰，任誰看了都會下意識打個哆嗦。

柯維安不用回頭，光是源源不斷自旁側散發出的冷氣，就足以說明他們班代的心情有多差。

事實上，柯維安自己的心情也不太好。

主要原因並不是不能和一刻分到同組，當然那也佔了小小一部分啦。

正如柯維安路上叨唸的，他們要攻略的這個不可思議──「通往天台的第十四級階梯」，地點的說明太過含糊了。

只有「天台」兩字，能夠看出這段樓梯肯定是通往頂樓。

而利英高中裡，有著頂樓的建築物便是一年級大樓、二年級大樓和三年級大樓。

換言之，他們有三個可能的地點必須去查探。

三個的數量乍看下不多，可是利英高中可不像繁星大學，大樓裡有電梯。

這也就表示，他們必須一層一層地爬上去。

如果找錯地方，還得一層一層地下來。

很不幸地，他們在一年級大樓就是毫無所獲。

這對體力本來就不是相當好的柯維安無異是種折磨，但這也不是讓他心情不甚美好的主因。

眞正的原因，源自於天台的第十四級階梯這個傳說。

照傳說的敘述來看，必須要消沉的人才有可能踏上那一級不存在的階梯，偏偏柯維安和楊百罌都不是這類人。

爲了達成任務，使得他們必須努力地想些會讓自己快速消沉下去的事物。

於是被負面情緒纏身的他們，自然也就不會有好心情了。

柯維安暗自祈求這次可不要再讓他們落空了，那些對身心有礙的想法跑出來個兩次也就很夠了。

假使要再來第三次，他怕眞的會受到打擊。

「班代。」柯維安打破了他與楊百罌之間的沉默。

楊百罌投來淡淡的一眼，等待著對方的下文。

柯維安沉痛地說，「就快到了，四樓。」

在只有他們兩人的樓梯間，柯維安能夠清楚聽見楊百罌的咂舌聲。

他完全能體會楊百罌的心情，接近四樓，就代表著等等就得面對通往天台的那段樓

梯了。

再換句話說——

他們又要再想一次會讓自己瞬間消沉下去的事物……

「啊啊，還沒想就已經開始在消沉了……」柯維安哀怨地說，「這個不可思議未免也太不人道。」

「對方本來就不是人了，你要怎麼要求對方講人道？」楊百罌面無表情地說，「閉嘴，別廢話了。」

「別啊，班代，不讓我講話我會受不了的。」柯維安抗議道，極力爭取自己的權益，「就讓我再說一會，反正待會也沒辦法說了。」

因爲心裡的負能量太多就不想說了。

「隨便你，保持好你的體力就行。」楊百罌語氣淡淡的，但柯維安聽得出底下的含意。

倘若自己沒體力走了，他們的冰山班代雖然不會眞丟下自己，但是恐怕會再次用裂光之鞭拖著自己走。

那畫面光想像就不忍直視，柯維安趕忙表示只是爬個樓梯，還可以撐住的。

隨著兩人來到四樓，通向天台的那段樓梯就在前方。

柯維安與楊百罌對望一眼，即便是心性高傲的後者，也不禁做了一個深呼吸。

然後，兩人義無反顧地踏上了負能量滿滿的想像之路。

柯維安最喜歡什麼，當然就是他總掛在嘴邊的小天使，也就是小男生和小女生。只要看到他們天真無邪的臉蛋，就覺得人生如此美好，世界都像染上一層夢幻的粉紅色。

反過來說，一旦他的身邊沒有了小天使……

可怕的想像瞬間湧入柯維安的大腦中，他看見自己精心收藏的各種小天使照片被人全部搶奪一空，連一張都沒有剩下。

柯維安猛地摀住胸，一張娃娃臉也變得發白。

不要啊！沒有小天使的世界是黑白的，沒有小天使的照片，他就跟個廢人沒兩樣啊！

走在柯維安旁邊的楊百罌仍冷著那張嬌艷的臉蛋，可雙手不知不覺卻是越握越緊。在她的腦海中，此時正播放著小劇場。

白髮女孩緊皺著眉，臉上是顯而易見的爲難。

而自己正全身緊繃地站在對方面前，聽見了自己喜歡的那道聲音對她說出：

「抱歉，楊百罌。妳的喜歡我不……」

小劇場被強制中斷，畫面轉成一片黑。

楊百罌急促地呼吸幾次，就和在一年級大樓同樣，依舊沒辦法將想像執行個徹底。

但僅僅是這樣不完整的一句話，就足以讓她的心情跌到了谷底，心臟有如被一隻無形的手掐著不放。

當柯維安和楊百罌雙雙踏上了第十三級階梯，同時也該是最後一級階梯的時候——

剎那間，兩人硬生生頓住了步伐。

「班代。」柯維安小小聲地問道：「我們是走了十三階沒錯吧？」

「我自認沒數錯。」楊百罌說，可還是回過頭重新點數了一遍。

一、二、三、四、五、六、七、八、九、十、十一、十二、十三。

他們站的地方，就是第十三階。

而眼前，就是那不該存在的第十四階。

柯維安從背包裡摸出了筆電，楊百罌則是捏住一張明黃色符紙，他們沒有一絲猶豫地往上踏出了腳步。

落下的力道甚至有點重，猶如在發洩怒氣。

隨著他們正式踏上了第十四級階梯，本來閉鎖的天台大門霍然開啟，一個詭異的幽藍色世界展現在他們眼前。

由於門的大小僅容一人穿越，柯維安和楊百罌一前一後地走進了那扇門。

門後不再是正常的天台景象，無邊無際的藍色刷滿了視線可及之處。

而在前方，有名打扮得奇特的人影坐在小桌子後，桌上是一顆水晶球。

那人的大半張臉孔被遮住，一身服裝令人想到性感舞孃，褐色的皮膚在淺色布料的映襯下，散發著獨特的魅力。

一看到對方的褐膚，楊百罌下意識地問道：「柯維安，那會是帝君嗎？」

「不可能。」柯維安小聲地回話，「體型身高都不對，而且師父對這類衣服一點興趣也沒有的，更別說把它穿在身上了。」

「紅綃不是說帝君失憶了？」楊百罌的言下之意就是，失憶的人會不會改變風格？

柯維安還是搖搖頭，「別的人我不敢說，但我師父我敢打包票，就算失憶了也絕對不會改變她的個性和喜好。」

例如比起男孩子，女孩子更能討她歡心這一點，不就沒變嗎？

楊百罌沒再問下去，畢竟身為張亞紫徒弟的柯維安都如此保證了。她把注意力投向那名神祕人物。

「歡迎來到人生輔導室。」面孔被半透明面紗遮住的女性忽地開口，可以看見她有雙淺紅的眼睛，聲音聽起來就像是十幾歲的少女，「迷途的羔羊啊，你們肯定是滿懷煩惱吧？」

「這台詞聽起來怎麼像要傳教似的……」柯維安壓低音量，對楊百罌表示看法。

楊百罌不在意那名神祕少女的台詞聽起來像什麼，她只想速戰速決，解決一切。

「通往天台的第十四級階梯是妳弄出來的嗎？」楊百罌冷冰冰地問道。

「你們可以稱呼我為小梯。」面對咄咄進逼的質問，少女嘴角的笑意沒有褪下過，她柔聲地說，「通往天台的第十四級階梯指的就是我。你們可以再靠過來一點，更可以充分感受到我的溫柔與體貼。」

聽見小梯的最後一句，柯維安想，要是一刻在場，肯定會冒出一句「三小啊」。

溫柔與體貼是這樣就能感受到的嗎？

楊百罌擺明對這類感受沒丁點興趣，「只要有人踏上了十四級階梯就會像被換了靈魂，這也是妳做的嗎？妳為什麼要做這種事？」

「什麼？我才沒有換他們的靈魂！」小梯猛地站了起來，語氣也變得激動，「老娘才不可能做得到……咳咳，我是說，我怎麼可能會做這種沒天良的事，我明明是在幫助人的，怎麼會流傳成這麼誇張的傳言？」

「也就是說，妳確實做了什麼對吧？」柯維安一針見血地抓住關鍵，「所以妳對那些人是做了什麼事？」

「我只是幫那些小羔羊抹除憂鬱而已。」小梯又恢復柔柔的說話語氣，「這樣他們就會覺得開心。如何？幫助他們的我非常溫柔又有女人味是不是？」

不，溫柔和女人味不是靠這來判定的，這誤解也太大了。

柯維安沒把內心的吐槽說出來，免得對方突然翻臉不認人，他轉而提出新的疑問，「如果只是抹除憂鬱，為什麼會像換了一個人？妳應該還有再做什麼吧？」

「囉哩囉嗦的！你們是警察啊！煩不煩？」小梯沒了耐性，隨即又意識到這樣太過粗魯，連忙語氣一轉，「你們問這個是有什麼事嗎？我發誓，我沒做不法的事情。」

柯維安馬上想到一個絕佳的理由，他朝楊百罌使了記眼神，示意由他來負責和小梯對話。

楊百罌對此沒意見，她向來不喜歡和人周旋。

「那個啊，當然是因為……」柯維安笑嘻嘻地說，「我們也想請妳消除煩惱啊。妳剛不是也說了，我們是滿懷煩惱的迷途羔羊？」

「沒錯！」小梯彈了下手指，得意地說，「就是因為感受到你們的負能量，我才會出現的。那你們就直接過來吧，我動作很快的，不到一分鐘，你們就會覺得世界如此美好。」

「我們很願意過去的。不過能不能先請教妳，是要如何消除我們的煩惱，抹除我們的憂鬱呢？」柯維安真誠地問道：「我們真的很想知道。」

「那還用說嗎？」小梯用理所當然的語氣說，「當然就是把你們的記憶抹掉囉！」

「把記、記憶抹掉？」柯維安大吃一驚，「妳的意思該不會是……」

「吼！就是字面上的意思啊！到底有哪裡聽不明白的？你們難道是笨蛋嗎？不、不……要溫柔、要溫柔，這樣他才會喜歡我。」小梯用力吸了一口氣，端起微笑。

「很簡單的，就是什麼原因讓你們消沉，我就替你們把那個原因的記憶抹掉。不會徹底抹掉的，就是讓那份記憶在你們腦海中變得很淡薄，你們想起來時，也只會覺得『啊，原來曾有過這個人、這個東西』。」

解釋完的小梯等著面前兩人迫不及待地上前來，然而那一男一女卻是一動也不動。

「怎麼了？怎麼不過來？」小梯催促，「快點啊，很快就結束了。」

「把記憶抹掉……」柯維安像沒聽見小梯的聲音，自言自語地說，「也就是說，我會忘記我對小天使的熱愛……」

「我會忘記對小白的……」楊百罌也在低喃。

但因為隔了一段距離，小梯聽不清楚他們在說什麼。她正想再出聲催促，只見到娃娃臉男孩和褐髮少女猛地大步往自己走了過來。

小梯正想露出欣喜的笑顏，緊接著卻注意到對方的不對勁。

那兩個人……為什麼是一身殺氣騰騰地走過來啊！

而隨著雙方的距離越漸拉近，小梯的表情也從困惑轉成了驚恐。

因爲，她看到娃娃臉男孩的額上浮現了像是第三隻眼睛的金紋；褐髮少女的指間出現符紙，符紋眨眼從底端遊走到頂端。

小梯知道他們是誰了，她的眼睛越瞪越大。

那是神使和狩妖士！

□

夜間的三年級大樓安安靜靜的，只有樓梯間還有著燈光，使得這棟建築物沒有陷入徹底的黑暗。

蔚可可和夏墨河結伴同行，他們負責的不可思議是「沒人敲卻會持續響的門」。

根據蘇染收集到的資料，這個不可思議的傳說內容是——假如有小情侶放學後逗留在教室約會，一旦外面夕陽落下，黃昏轉成了黑夜，就會聽見敲門聲，然而門後根本就沒有其他人。

蘇染還收集到了幾名親身經歷者的說法，都是三年級學生。他們言之鑿鑿地說他們眞的聽到敲門聲，以爲是有人惡作劇，起初沒去理會，但想親熱的時候就會又聽到敲門的聲音，可是火大地追出去一看，卻什麼人也沒看見。

甚至也有人正好目睹了無人在門邊，但敲門聲卻自動響起的一幕。

這也就是爲什麼蔚可可和夏墨河會來到三年級大樓的緣由。

蔚可可看著手機上的訊息，邊跟夏墨河報告，「墨河，維安說他們找完一年級大樓了，什麼發現也沒有，準備向二年級大樓出發。如果還是沒有，說不定會碰上我們。」

「我猜維安應該不希望來我們這裡。」夏墨河說。

「對啊，維安說爬樓梯累死他了，想趕快找到那個傳說中的階梯。」蔚可可笑嘻嘻地回答，「還好我們只要來這裡就好。宮一刻他們也有三座水池要找，差不多等於把利英逛半圈了。」

「這樣來看我們的確是挺幸運的。」夏墨河微笑，「我們來找一間教室待著等看看吧，然後就要再麻煩可可妳了。」

「不麻煩、不麻煩。」蔚可可比了一個ＯＫ的手勢，然後又摀著嘴笑著說，「我覺得是我佔到大便宜啦。」

由於「沒人敲卻會持續響的門」針對的都是小情侶，因此蔚可可和夏墨河就決定假扮成一對情侶，在教室裡做點像是情侶會做的事。

爲了避免自己被誤認性別，夏墨河晚上出門穿的是男裝，一頭長髮俐落地盤起收在帽子裡面，看上去就是俊秀的美少年。

而雖然兩人本就已經相當熟稔，但夏墨河表示一切就由蔚可可主動，由她來拿捏動作的親密度。

至於要選擇哪間教室等待？

蔚可可不假思索地直接說出了班級。

夏墨河想了想，就知道原因了，「那是蔚商白在利英唸書時的班級對吧？」

「沒錯，同一個班的話，說不定能得到老哥的加持。就算這裡是森羅小世界，不過肯定也沒問題的。」蔚可可信心滿滿地說，「這是美少女的直覺！」

夏墨河打開手機裡的手電筒程式，掃過了他們進入的教室一圈，沒有其他人影或是異狀。

一排排桌椅整齊地排列著，黑板也被擦得相當乾淨。

夏墨河與蔚可可一致決定不開燈，這樣更有小情侶偷約會的氣氛，也能更取信那個不可思議。

夏墨河挑了張離燈源開關最近的桌子，直接坐在上面。

就算是一片幽暗，憑藉神使的能力，蔚可可仍能看見少年俊麗如畫，就和當初初次見面時一樣。

雖說現在已經不再對眼前少年懷抱悸動之心，兩人也成了要好的朋友，但看著坐在桌上的夏墨河，蔚可可感覺心裡有個小人在興奮地摩拳擦掌。

能夠正大光明抱抱美少年的福利，她當然不會放過的啦！

蔚可可走上前，不忘以氣聲提醒，「我要抱住你了喔。」

「請便。」夏墨河同樣以氣聲大方地回答，眉眼仍是含著笑。

蔚可可張開雙臂，本想豪邁地一把摟住夏墨河。但想想這樣好像太粗魯了，沒有小情侶之間的嬌羞感，她改成溫柔的擁抱，然後將下巴抵在對方的肩膀上。

「你可以抱我的腰。」蔚可可對著夏墨河耳語。

夏墨河依言抬起手，兩隻手臂卻沒有眞正地貼上蔚可可腰間，而是虛虛地擁抱著。

但是如果有人碰巧自教室外經過的話，只會以爲是一對情侶在抱著談情說愛。

就在兩人維持這姿勢不到一分鐘的時間，教室內無預警地響了一個聲音。

叩！

蔚可可睜大眼，手沒放開，向夏墨河報告，「門口沒人。」

「繼續維持。」夏墨河側過臉，看起來似乎快要親上蔚可可的臉。

就在這一瞬間。

叩叩叩！

砰砰砰砰！

猛烈的敲擊聲迴響在教室裡，乍聽之下像是有誰正憤怒地敲打著門板。

然而從蔚可可的角度，可以清楚看見敲門聲響起的時候，門口沒有任何一抹人影。

「出現了！」蔚可可有些激動，接著又轉爲納悶，「等等，這樣就算觸發成功了嗎？那我們可以收工去找其他人了嗎？」

「再等一等。」夏墨河說，「看看若是我們不動，對方會有什麼反應。」

蔚可可的好奇心讓她毫不猶豫地同意了。

下一秒，更凶猛的敲打聲環繞在蔚可可與夏墨河耳邊，彷彿想用盡力氣嚇走他們。

然而這對互相擁抱的小情侶說不動就是不動，似乎只有彼此才是最重要的。

「情侶什麼的最討厭了啊啊啊！」

憤怒的喊聲冷不丁炸開，同時教室內燈光驟亮。

無人開燈的情況下，天花板上一盞盞日光燈同一時間全數亮起，讓教室內的景象無所遁形。

換作是普通人，早就被這詭異的一連串動靜嚇得尖叫或奪門而出了。

但是待在教室裡的這對僞情侶，可不是普通人。

「現身了！」

當蔚可可這麼一喊，她和夏墨河飛快分開。

平空出現門口的人影以爲自己會看見稚嫩面容上的惶恐、畏懼，然而通通沒有。

「你們爲什麼不尖叫、不害怕？」她氣憤地大叫，想要跺腳卻忘了自己飄浮在空中，根本沒辦法發出她預想中的聲音。

蔚可可瞪大雙眼，出現在他倆面前的是個年紀看起來應該和他們差不多的女孩子。會用「應該」，是因爲對方一頭長長橘髮半遮著臉，眼睛是淺紅色的，露出的半邊臉化著稍嫌濃艷的妝，才會一時難以判斷眞正年紀。

最重要的是，那名女孩子的身體是半透明的，還沒有影子。

「阿、阿飄？」蔚可可吃驚地大叫，「利英除了三年級大樓的男廁，原來還有其他阿飄啊！」

「什麼阿飄？眞難聽！」濃妝女孩惱火地說，「人家叫飄飄！」

蔚可可認爲阿飄和飄飄好像沒多大差別。

「故意發出敲門聲，把約會情侶嚇跑的『沒人敲卻會持續響的門』，就是妳嗎？」夏墨河有禮地詢問。

「哇！你長得眞好看啊，小帥哥！」飄飄露出驚艷的表情，「不過還是差我喜歡的人很多點。」

「怎麼可能？墨河的顏值很高了耶！」蔚可可才不相信。

「怎麼不可能？我的他超帥超帥超超超級帥！」飄飄得意地炫耀。

「所以他是妳男朋友囉？妳都有男朋友的話，爲什麼要來這裡嚇其他情侶啊？」蔚可可不解地問道。

只是她這隨口的一問，卻宛如對飄飄造成了猛烈的衝擊。

橘髮少女笑容僵住，繼而轉成了扭曲的表情。她攢握住兩隻拳頭，聲音顫抖。

「就是因爲……就是因爲他還不是我的男朋友啊啊啊！那麼多人想跟我搶他，他又沒注意到我，我都這麼可憐了，爲什麼還要忍受那些愚蠢小情侶的閃光！只有看見他們嚇得哇哇慘叫或是嚇哭，才能讓我心情變好！」

她忽然又重新露出笑容，但那抹笑裡是滿滿的不懷好意。

「現在，你們準備好要哭給我看了嗎？」

面對橘髮少女幽靈的恫嚇，蔚可可和夏墨河的回答是——

淺綠色和青金色的花紋霎時浮現在兩人的右手中指至手背處，以及左手手腕。

下一瞬，鬈髮少女做出搭弓的姿勢，一把刻劃著綠紋的長弓同時被她抓握在手中，泛著碧光的箭矢就搭架在弓身上。

而戴著帽子的少年，則是雙手間乍然出現潔白的絲線。

這下換飄飄的臉扭曲了，就算她是幽靈，她也知道對方是什麼。

他們是神使，神明在人間的使者！

「線之式之一，封纏！」不待飄飄消隱身形，夏墨河疾速出手。

白線像是最靈活快速的蛇，瞬間就纏捲上飄飄的身軀，將她的雙臂連上半身一塊緊緊地綁縛住。

蔚可可旋即鬆開弦線，碧綠色的光箭破開空氣，迅雷不及掩耳地直射前方。

飄飄驚恐地閉上眼，放聲尖叫，「不要啊啊啊啊！」

那叫聲分貝極高，似乎都能震破玻璃。事實上，放開武器堵住雙耳的蔚可可，還真的瞧見玻璃微微震動，她連忙大聲喊道：

「別叫啦，又沒射中妳！」

少女幽靈的尖叫戛然而止，她慢慢地掀開一隻眼睛，再掀開一隻眼睛，隨後急急忙忙低頭一看。

光箭射穿的只是她的裙子。

那支碧綠箭矢以相當刁鑽的角度穿過她的裙子，將對方與後面的牆柱釘在了一塊。

「我……」飄飄像是無法相信，她想要撥開遮著臉的頭髮，好好用兩隻眼睛確認一下，但動彈不得的手臂提醒她猶被白線綁住的現實，她只好用一隻眼睛來確認，「我沒被穿洞？」

「人家才沒有那麼凶殘呢。」蔚可可放下堵耳的雙手，不滿地說。

「不過如果我們待會問的問題沒有得到回答，那麼我就會那麼凶殘了呢。」夏墨河彎起嘴角，揚起的那抹笑意溫柔如冬日暖陽，好看得令即使看他看習慣的蔚可可也不由得吸了一口氣。

然而飄飄只想瑟瑟發抖，那抹微笑讓她心底無來由地發涼。

「我我我……」飄飄結結巴巴地說，絲毫沒有先前嚇人的氣勢，「我們能不能先好好地坐下來，再友善地談一談？你們會介意嗎？」

夏墨河和蔚可可自然是不介意。

蔚可可彈下手指，那支刺穿飄飄裙子的光箭消失，後者用飄浮的方式乖乖來到他們面前，選了張椅子坐下。

假如不是雙手還被綁住，這名橘髮少女幽靈說不定還會規規矩矩地把兩隻手放在大腿上。

「現在，我問妳來答，可以嗎？」夏墨河說。

「可以可以，一萬個可以！」直覺這位笑咪咪美少年很可怕，飄飄忙不迭點頭。

「利英的第七個不可思議是什麼，妳知道嗎？」夏墨河問。

「呃，其實我眞的不知道……」深怕兩人以爲自己說謊，飄飄強調地說道：「我沒騙你們，第七個是什麼連我們六個都不清楚啊。我們只知道，若是三天內我們六個不可思議都被觸發的話，第七個就會出現了……眞的，沒騙你們！騙你們的話，我就……我就永遠沒辦法和我喜歡的人在一起！」

「墨河，我覺得她是說眞的。」蔚可可拉扯一下夏墨河的衣角，「你看她發誓時都快哭出來了。」

夏墨河頷首，接受了飄飄的說法。

蔚可可掩不住好奇，「那我們能不能問妳喜歡的人是誰啊？他也是不可思議嗎？」

飄飄看起來相當不好意思，「其實那個……我也不曉得他的身分，他有一天突然就

出現在利英。我們五個女性不可思議都喜歡上他了，總之他眞的很帥啊！我有照片，你們想看嗎？我天天都帶在身上的！」

「好啊、好啊。」蔚可可好奇心向來旺盛，迫不及待地想一睹讓不可思議喜歡上的人究竟長怎樣，「墨河，你幫她解開一隻手吧？」

夏墨河手指一動，飄飄立刻感覺到自己右手一鬆。她獻寶似地飛快掏出照片，一臉嬌羞地遞給兩人看。

這一看，夏墨河只覺得的確是個英俊的男人。

但是蔚可可卻徹底呆住了。

照片裡的男人有著一雙丹鳳眼，膚色偏古銅，像曬了大量日光；一張臉孔極爲英俊，是屬於強勢、富有侵略性的那種。他的一頭長髮高高束起成了馬尾，可以看見他的髮絲末端挑染著艷麗的金色，抬起的一隻手腕處則有著深青色的刺青。

「我、我的媽啊……」蔚可可倒吸了一口氣。

這怎麼看……

分明都是男生版的帝君啊！

第九章

蔚可可的手機擺在桌上，螢幕裡是一張紮著馬尾、古銅膚色的男人照片。

從現實進入森羅小世界的眾人圍在周圍，神情皆有些複雜地看著那張由蔚可可從「沒人敲卻會持續響的門」那邊翻拍過來的照片。

聚集地點依然在柯維安住處，今天是展開不可思議攻略計畫的第二天。

昨晚分爲三組行動的一刻等人，不只順利觸發了三項不可思議，還找回了被綁架的理華。

然後，由蔚可可他們那一組拋出了震撼彈般的消息。

帝君很可能就在利英高中。

並且，成爲了五大不可思議所喜歡的對象。

最最重要的一點是，還被轉換了性別，成爲僅僅看著照片，就能感受到強烈費洛蒙的男人！

沉默了好一會，一刻看向現場最有發言權的柯維安，「怎樣，確定是帝君嗎？」

「百分之兩百確定。」柯維安語氣沉痛地說，「就是我師父。森羅是開發部和師父一起研究出來的，身爲師父的狂熱迷妹，紅綃是不可能允許森羅裡有冒牌貨的存在，這會玷污她對師父的愛。所以……」

柯維安說不下去了，他現在只想眼一閉，昏倒了事。

女性版的師父本來就夠可怕了，現在在這世界裡，師父竟然還變成男性版……光看照片，就覺得棘手度和危險度都上升了好幾個百分點好嗎！

「吾被囚禁的時候，有聽並蒂蓮說過。」理華情緒有點低落，他沒想到自己進入森羅不但沒幫上一刻他們的忙，反而第一時間就遭到不可思議綁架，成了收藏品。但即使如此，他還是努力地挖掘著回憶。

「她們五個不可思議喜歡上同一個男生，但是對方似乎沒表現出來他比較喜歡哪一個，因此她們每天都在爭風吃醋，想獲得那個人的注意力。」

「聽起來完全就後宮模式了啊。」柯維安喃喃地說，「發生在師父身上，我一點也不意外耶。」

「後宮？」理華對這兩字感到陌生，「吾不懂。」

「以前皇帝有後宮佳麗三千嘛，所以現在男生被許多女生喜歡的話，也會稱爲後宮。」柯維安用了最簡單的說法解答，成功換來理華了解的表情。

「不管怎樣，帝君的下落只有不可思議們知道，還剩下兩個沒觸發。」一刻說，「今晚就直接逼問這兩個吧。」

「小白，你的手機沒有再跳出新提示？」楊百罌問的是只出現在一刻手機上的「看我」ＡＰＰ。

一刻搖搖頭。

「沒有新提示，也可以當作我們目前的做法沒錯。」蘇染說，「繼續把剩下的不可思議攻略完，讓第七個出來。」

「欸欸，你們說……」蔚可可突然異想天開，「第七個該不會其實就是帝君吧？」

所有人瞬間看向她。

客廳裡死寂了一陣子，由柯維安率先爆出了哀叫。

「拜託不要說這麼可怕的事啊！要是師父也成了不可思議……那多恐怖啊！」

這一點，凡是跟張亞紫相處過的人都能認同。

或許只有剛從國外回來的夏墨河無法感同身受而已。

可也就是如此，讓他能更爲冷靜地分析事情，他微笑地說道：「我們可以先從剩下兩個不可思議的反應來判斷。如果她們說不出帝君的所在地，那麼可可的猜測也是很有可能。」

「嗚哇，眞不想要這個結果……」柯維安雙手摀著臉，往沙發旁邊一倒。和他坐在同一張沙發的蘇冉往旁挪了挪。

「先想這些也沒用。」一刻下了結論，「反正先繼續攻略就是。我就問一句話。」

眾人眼神瞬也不瞬地盯著她不放。

白髮少女咳了咳，嚴肅地說，「這一次，你們要怎麼分組？」

分組是門大學問。尤其在抽籤的情況下，講究的更是運氣。

蔚可可有些遺憾自己沒在一刻他們那組，又有些慶幸還好自己不在那組。

因爲和一刻同組的，分別是蘇染、楊百罌，再加上柯維安。

遺憾，是自己沒辦法現場看八卦。蔚可可豈會看不出來，就算一刻在這個世界變成了女孩子，楊百罌和蘇染對她的感情也沒有減少。相反地，正由於都是女孩子，反而各種親密小動作更多了，肢體接觸比在現實裡多了許多。

至於慶幸，是覺得如果是由她來取代柯維安，一刻是個不愛閒聊的，另外兩個女孩子更不用說了，那樣感覺眞的太無聊啊。

蔚可可自認不是個嘴巴能閒下來的人，因此那絲小小的遺憾一消失，她就爲自己能抽到這一組而開心。

他們這一組的成員有夏墨河、理華，以及蘇冉。

雖然蘇冉是個話少的，但是有夏墨河在，而且還有理華；由於神力的關係，蔚可可和理華自然相當親近。

這一夜，蔚可可他們要負責的不可思議是「位置不固定的畫」。

蔚可可注意到銀髮少年雖是板著臉蛋、一本正經的模樣，但眉宇間卻有一抹失落。

顯然理華仍爲自己先前沒幫上忙而在意著。

爲了讓對方多點參與感，蔚可可將手機交給他，請他幫大家唸出這個不可思議的傳說內容。

理華的背更挺了，「位置不固定的畫……傳說美術教室裡掛的一幅畫，會在深夜改變原本懸掛的位置，就算學生們白天把它移回去，隔天還是會發生相同的事。有學生說，不想把它留在晚上位置的原因是……」

理華眉頭微蹙了起來，似乎是對接下來看見的內容相當不解。

「是什麼？」蔚可可問道。

「是因爲都知道那幅畫怪怪的，要是把它留在晚上的位置，那幅妖怪畫就會偷窺到他們做的事情，抓到他們的把柄……吾不懂，不要做壞事不就不會被抓到把柄了？」理華難以理解人類的想法。

「嗯……」夏墨河沉吟一聲，「我想，最主要的是隱私吧，學生們不想自己的隱私被那幅畫窺視。」

「的確耶，如果換成我，我也不想要。」蔚可可說，「不過學生們沒考慮過把這幅畫燒掉，或是搬到其他地方嗎？」

「有考慮。」說話的人是蘇冉，他的聲音低低的，像要和深夜融在一起，「蘇染問過美術班的學生，他們說那幅畫是第一任校長留下來的，很有紀念價值，老師不可能讓他們燒掉。至於掛在其他地方，就和當年我們社團的想法一樣。」

「啊，手工藝社對吧？」蔚可可想起來了，她一擊掌，「我聽宮一刻說過，晚上十點十分，社團教室的電話就會響起，但沒人敢拔電話線。」

「為什麼？」理華困惑地問。

「咳咳。」蔚可可清了下喉嚨，「因為啊，拔掉了如果還響，就是靈異事件了，不拔還能安慰自己。所以說，美術班的人也是類似的想法吧？畫只在教室裡換位置，還能安慰自己可能是別人動的，假如大費周章地移走，但畫又回來的話……」

蔚可可沒再說下去，她相信理華應該能夠理解。

理華露出了恍然大悟的表情，「吾明白了，人類喜歡說服自己和自我安慰。」

「嗯。」蘇冉同意。

說話間，一行人也來到了他們的目的地——美術教室。

與一般教室不同，美術教室裡的椅子全都整齊地收在後面，學生來上課時才會搬動椅子，選擇自己想作畫的位置。

此刻，美術教室被留出了大半空地，正對著黑板的那面牆上掛著多幅圖畫。

蔚可可他們沒有馬上踏進教室，而是站在門口觀望。這是爲了避免打草驚蛇，要是發現有人，那幅畫說不定就不肯移動了。

「我來守門邊吧。」夏墨河提議，「我的線可在對方出現時，第一時間困住她。」

其他三人對夏墨河的攻擊方式皆相當熟悉，對此沒有異議。

況且，一群人堵在門口，要是教室裡眞有動靜，只怕會卡著無法及時衝進去。

這畫面光想就覺得好笑，只是蔚可可一點也不希望自己成爲畫面裡的主角之一，她和理華、蘇冉依言退到了旁邊。

夏墨河耐心地注意著教室牆上的目標物，那是一幅抽象畫，但還能看得出來畫的是一名女性。

時間在寂靜中一分一秒地流逝，夏墨河沒有放鬆注意力。

就在蔚可可等得都想上前詢問的時候，門邊的夏墨河忽地舉起了手。

蔚可可頓時精神大振，這是有動靜的手勢。

美術教室裡確實出現了動靜，被夏墨河緊盯著不放的那幅抽象畫，突然晃動了下。

畫中女子的眼睛跟著也左右移動了一下，彷彿在觀察教室裡是否有其他人。

夏墨河藏得隱密，並沒有被發現。

確定美術教室空無一人後，那幅抽象畫驀然起了異變。

一名綠頭髮、淺紅色眼睛的少女轉眼間平空站在了畫的前面，與此同時，畫裡竟變得一片空白，原先鮮艷奔放的色彩全都出現在少女的衣裙上。

就好像那些顏色全被少女帶了出來。

綠髮少女伸出雙手，將那幅畫搬了下來，她往四周望了望，選定了一個新位置。

「那裡……應該不會被曬到吧？」綠髮少女喃喃自語地說。

就在她搬著畫、準備往教室另一處角落前進的剎那間——

「線之式之八，蛛網！」

「什、什麼……誰！」驟然響起的少年嗓音讓少女驚慌失措，可還沒等她找出聲音的來源，教室內瞬間已被無數白線佔領。

潔白絲線相互交錯編織，在教室半空形成一面大網，同時不偏不倚地把搬著畫的綠髮少女困在其中。

「這什麼東西啊？蜘、蜘蛛絲嗎？」少女驚恐地喊。

尚未等她理出一個頭緒，她的眼睛忽地瞪得更大，表情也顯得越發恐懼，就連她那一身鮮艷色彩似乎都被嚇得變淡了些。

不知不覺中，她的周圍除了白線外，還多出了數道水流。

這些水流像是緊盯獵物的蛇，等著伺機而動。

「啊啊！這些到底是什麼啊！」少女緊抱著畫框，害怕地大叫著。等到她發現門口陸續有人進來，她甚至向對方發出了求助，「救命啊！救命啊！快幫幫我吧！」

「唔啊，感覺好像我們在欺負那個不可思議耶……」蔚可可都湧上一絲罪惡感了。

綠髮少女看清來人面貌後，她的求救聲猛地噎在了喉嚨中。

一、二、三、四，進入美術教室的共有四人。三名看似高中生，一名像是國中生，但重點不在於他們的年紀，而在於他們身上奇異的花紋和手上持握的東西。

鬈髮少女舉著長弓，右手中指至手背有著淺綠色的紋路。

黑髮少年提著刀身上像附有雲紋的長刀，左邊臉頰烙著如同火焰的紅紋。

銀髮藍眼的少年從服裝打扮來看就不像一般人類，更別說他身周還環著水流。

最後的馬尾少年，他的指間纏著白線，左手腕上有一圈青金色的花紋。

這幾個人，他們身上的氣味是如此明顯……

那些是神力的氣味！

綠髮少女驚嚇得快哭出來了，「你們……你們是神使！爲什麼神使會出現在這裡？我什麼都沒做啊，我只是想替自己換個位置，不然隔天早上我會被曬黑的！」

似乎沒想到會聽見這樣的答案，眾人不禁愣了愣。

「妳說……曬黑？」蔚可可率先出聲，她感到匪夷所思地問，「是怕太陽曬黑的那個曬黑嗎？」

「不然呢？」綠髮少女用看笨蛋的眼神看過去，可倏地又想起這些人是神使，趕緊收回那眼神，眼睛裡重新蓄起委屈的淚水，「學生們掛的那個位置，早上容易被陽光直射，我會變黑的，變黑就得不到那個人的喜歡了啊！」

那個人……

「是帝君吧？」蔚可可和其他人互望一眼，卻在沒留意間把自己想的說出來。

頓時換來綠髮少女的震驚，「妳妳妳……妳怎麼會知道他的名字！」

「咦？什麼？」這下換蔚可可呆住，她茫然地望向小夥伴，「我剛說了什麼嗎？」

「帝君。」蘇冉簡潔地說。

「喔，原來我是說了帝……咦咦咦咦!?」蔚可可猛然拔高了嗓音，「等一下，那個……妳叫什麼名字啊？」

「我、我叫小畫……」綠髮少女淚汪汪地說。

「小畫，妳喜歡的那個人……不會就叫帝君吧？」蔚可可迫切地問，「他在哪裡？能不能帶我們去見他？」

「可以呀。」小畫眼中猶含淚水，可回答起來異常乾脆。

「眞的嗎？」蔚可可不禁喜出望外，沒想到這個不可思議那麼好說話。

下一秒，只聽小畫又說，「只要你們也變成不可思議就行了呀，不過可能要先死掉喔。人類的話，變成幽靈比較容易成爲不可思議嘛。」

「咿！才不要呢！」蔚可可猛力搖頭，說什麼她都不想變成不可思議。

「沒有其他的辦法？」夏墨河問道。

「嗯，沒有呢。」小畫老實說，「我的腦海內就只有這個辦法，反正我就是知道無法帶你們去見帝君。對了，可以請你把線解開嗎？我想把畫放下來，這樣一直抱著也挺累的。」

得到需要的情報，加上小畫看起來一點危險性也沒有，夏墨河沒有拒絕對方的要求。一晃眼，盤踞整間美術教室的蛛網消失得無影無蹤。

見狀，理華也收回他的水流。

小畫鬆口氣，提出了最後一個要求，「那個……能不能讓我把畫移到那邊去啊？不然明天又得曬黑了……」

「妳不移到美術教室以外的地方嗎？」蔚可可好奇地問，「這樣學生也不會把妳搬來搬去的。」

「我不會移的，畫出我的人就是希望能掛在美術教室裡，而且每天還能見到青春新鮮的肉體……」小畫吸了吸口水，控制不住臉上的傻笑，「我又不像並蒂蓮要求那麼高，我覺得這裡的學生都長得很不錯啊，當然沒人比得過帝君的！」

「爲什麼喊他帝君？」蘇冉忽然問。

小畫被嚇了一跳，她瞄了一眼那把還被持握在黑髮少年手中的紅紋長刀，忍不住往

後退了一小步。

「因、因爲……」小畫小小聲地說，「帝君說他只記得自己叫帝君，他是突然出現在我們面前的，我們也不曉得他的來歷是什麼。他說這裡很不錯，打算先待著。我們五個不可思議都好喜歡他，不過帝君好像最喜歡竊竊私語她們了……」

小畫流露惆悵失落的表情，「所以我才想讓自己別變太黑，說不定帝君也會多注意到我的。」

夏墨河捕抓到關鍵字，「竊竊私語？她們？妳剛不是說五個不可思議嗎？怎麼會跑出複數名詞？」

「咦？對啊。」小畫把畫框掛在了自己想要的位置上，回頭對他們說道：「因爲『花園裡的竊竊私語』，本來就不只一個人啊。」

「哎？」蔚可可一愣。

「是一群人啊。」小畫說。

□

柯維安同意抽籤是要靠運氣的，而他認爲他的運氣——眞的是太好了！

跟小白同一組耶！

雖然旁邊還有蘇染跟楊百罌，兩名女孩子幾乎是拿防狼的眼光將他看守得緊緊的，不讓他有機會太靠近一刻。

但這些，都不能影響柯維安的好心情。

況且，看一刻被夾在兩名美少女中間，手臂被強勢地挽著，臉上則是一副無措又極力想掩飾的表情。

就足夠滿足柯維安看八卦的心了。

柯維安他們負責的不可思議是「花園裡的竊竊私語」，與蔚可可他們要去的美術教室是反方向。

兩組人馬在大門前分開，往各自的目的地走去。

被神使結界圈圍起來的利英高中，在熱鬧的潭雅市宛如一個遺世獨立的小世界，外邊的喧鬧進不了裡面。

而外面來往經過的行人自然也不會知道，裡頭將發生什麼超乎常理的事。

一刻深吸了口氣，「我說妳們，難道就不能好好走路嗎？」

「我們是在好好走路。」蘇染說。

「妳哪隻眼睛看到我們沒在好好走路？」楊百罌反問道。

柯維安掩著嘴，在後面偷笑。

「柯維安。」一刻先是警告了一聲，別以爲沒轉頭就不知道後面的娃娃臉男孩在偷笑，接著她忍耐著不給身邊的兩名少女大大的白眼，「靠，妳們這樣也好意思說？妳們良心不會痛嗎？」

「它好好的幹嘛要痛？」這是楊百罌。

「不會。」蘇染的回答更俐落。

「但、是，」一刻咬牙切齒地說，「老子會很難走路啊！妳們就不能放開我，讓我好好走嗎？」

蘇染和楊百罌頓了下腳步，兩人交換一記眼神，似乎是達成了某種共識。

然後一刻感到自己左手臂一鬆，她心中大喜，可隨即就發現右手臂仍被人勾著。

「蘇染，妳的手在做什麼？」

「摟著妳，很明顯不是嗎？」面對一刻的質問，蘇染推推鏡架，冷靜地說，「三個人的確不好走，所以我和百罌決定一次一個人好了。」

「什麼一次一個人？」一刻有種不妙的預感。

「我先跟妳走，然後換百罌。」蘇染說，「這樣就很好走了。」

楊百罌矜持地點了點頭。

靠……一刻簡直想抹把臉。妳們的選項裡，難道就沒有讓我自己一個人走嗎？

一刻沒問出口，因爲從兩名女孩子的眼神來看，她知道——沒有。

「噗！」柯維安再也憋不住笑了，他無比惋惜沒辦法把這個世界裡拍的照片帶回現實，眼前的景象眞的是太難得了。

「柯維安，信不信我揍你？」一刻扭頭威脅。

「信信信。」柯維安的語氣聽起來就像哄小孩子。

一刻握緊了手指，覺得拳頭有點癢癢的。要不是還有正事，眞想送柯維安一拳。

「小白、小白，妳覺得『花園裡的竊竊私語』會是長怎樣的不可思議啊？」不知道

自己逃過一劫的柯維安興致勃勃地說，「根據傳說，在社團教室後面的桂花叢那邊，有時候可以聽見有人說話的聲音，但都聽不清楚在說什麼。可是有些人卻會聽見自己的名字被提起，還會出現一些關鍵字，例如踩到香蕉皮啊、上廁所沒衛生紙啊、吃泡麵沒有調味包啊……」

「喂喂，這幾個例子不覺得怪怪的嗎？」一刻提出質疑。

「這可是學生們的親身經驗啊，小白。」柯維安認真地說道：「資料是小染給的，妳不信我，總信得過小染的能力吧？」

一刻沒話說了，蘇染收集情報的能力她怎麼可能會懷疑？

「然後啊……」柯維安壓低聲音，讓聲音變得有些陰森森的，特別符合四周的氛圍，「聽見自己名字和關鍵字的人，過一、兩天就會真的發生一模一樣的意外。所以現在都不太有學生願意去桂花叢那邊了，不過社團教室離那裡近，多少還是有些偶然聽見的受害者。」

「聽起來就像預知啊。」一刻若有所思地說，「只是預知到的內容都挺像小孩子惡作劇似的。」

「這哪是惡作劇？」柯維安一臉嚴肅，「小白，上廁所沒衛生紙和吃泡麵沒有調味包，這都是很嚴重的大事啊！」

「是是是。」一刻態度敷衍，轉頭和蘇染、楊百罌商量起待會的行動，「總之，先去社團教室後面，我記得那邊一整片都是桂花吧。我們四個人分開聽，看哪邊有動靜。先聲明，不管聽到什麼都不准衝動行事。」

「沒問題的，小白！」柯維安馬上大聲表示服從，「妳說什麼就是什麼！」

「最好是喔。」因爲方向關係，一刻沒辦法給身後的柯維安一記大白眼。

「我不衝動。」蘇染淡淡地說。

「我像那種人嗎？」楊百罌傲慢地說。

一刻也覺得她們不像，對於蘇染和楊百罌，她向來是比較放心的。

一行人持續往社團教室前進，再來到建築物的後面。

柯維安還是第一次來這邊。路燈照耀下，可以見到牆邊栽種了成排桂花，綠葉中又有小小朵的白花，屬於桂花的獨特香氣只要走近了就能聞到。

「好香啊。」柯維安忍不住稱讚道。

霎時桂花叢傳來了一陣響動，窸窸窣窣的，像被風吹過。

但一刻等人卻是一凜，剛剛可沒有風。他們迅速交換視線，心中有了猜測，第六個不可思議可能快要現身了。

還沒等四人分散開來，他們就聽見了細小的說話聲響起。

那聲音壓得很細，讓人一時分不出說話者的性別和年紀，唯一可以確認的是——不只一個人。

幹！「花園裡的竊竊私語」到底有幾個人？一刻心裡暗罵，她沒預想到這個情況。反倒是柯維安他們平靜許多。當時聽見「花園裡的竊竊私語」這個名字時，他們就想到肯定不只一個人，否則也構不成竊竊私語，頂多稱爲自言自語。

似乎是深怕一刻他們聽不見，說話聲猛地又放大不少，甚至帶著一股難以言喻的興奮勁。

那些聲音說：

「啊，是蘇染跟楊百罌。」

「沒錯沒錯，是她們呢。」

「她們一定不會知道吧？」

一刻大吃一驚，反射性看向蘇染和楊百罌，話題的主角竟然是她們兩人!?

被點到名的兩名少女神色不變，但眼裡閃過利芒。

柯維安不由得屏住呼吸，有絲緊張。

說話聲還在繼續，可話題無預警轉變了。

「有聽說嗎？有聽說嗎？男廁的那個笨蛋被人教訓了！」

「哈哈哈，活該、活該。」

「在廁所裡問人喜不喜歡這個那個的，好像變態啊！」

曾被幽靈操控過，並且問過學生喜歡何種髮色蘿莉的柯維安，感覺自己的膝蓋好像中了一箭，有點疼。

「並蒂蓮的收藏品跑掉了。」

「嘻，活該、活該啊。」

桂花叢裡發出了嘲笑聲。

「那個顏控得不到注意，才想抓其他美少年安慰自己。」

「自以爲自己長得漂亮，還不是沒我們受歡迎。」

「對啊對啊，帝君最喜歡我們了！」

柯維安精神一振，他居然有機會聽見自己師父的八卦了，這讓他越來越好奇「花園裡的竊竊私語」究竟是長得怎樣的不可思議，能讓他那位師父大人特別喜愛她們。

「小畫、飄飄，還有小梯，也比不過我們啊，我們才是最厲害的！」

「對對對，我們最厲害！」

柯維安聽得心急，巴不得衝上前搖搖桂花叢，要她們多講一點有關張亞紫的事。但偏偏那些竊竊私語似乎就是故意和人作對一樣，話題猛地又一轉。

「我們剛剛在說什麼來著？」

「啊，對對對，是蘇染和楊百罌。」

「叫這兩個名字的女孩子呀……」

「戀愛會失敗呢！」

「嘻嘻嘻……」

「呵呵呵……」

第十章

細細的笑聲伴隨著搖曳的葉片，在寂靜的深夜裡顯得格外清晰，還有說不出的詭異……足以令人生起雞皮疙瘩。

柯維安真的起雞皮疙瘩了，然而卻不是因爲桂花叢裡的笑鬧，以及此刻被營造出來的氣氛。

而是、而是——

媽啊啊啊！旁邊的兩個女孩子瞬間殺氣騰騰、寒氣逼人啊！

就算蘇染和楊百罌兩人皆是面無表情，乍看下與往常沒有什麼不同，但柯維安敢用惠先生的頭髮發誓，她們兩人的眼睛裡根本都捲起了冰風暴。

沒看到蘇染的右臉已經浮現神紋，楊百罌的手裡已經攢緊了符紙嗎？

柯維安簡直要佩服起「花園裡的竊竊私語」的勇氣。

點名就算了，竟然還敢說她們倆會戀愛失敗？

尤其還是在她們預定的戀愛對象前說出這種話！

好吧，雖然那位被預定的戀愛對象還沒完全開竅。

「喂，楊百罌、蘇染，妳們倆想幹什麼？」一刻慢一拍地察覺到兩名女孩子的不對勁，「說好要先……」

「按兵不動」四個字還在一刻舌尖上打轉，長辮少女與褐髮少女剎那間已朝桂花叢展開了攻擊。

烙著赤紋的長刀脫出蘇染的手，毫不留情地橫斬過桂花叢，將半人高的植物直接成排削掉一大截。

「汝等是我兵武，汝等聽從我令，疾雷！」

轉眼完成符紋的符紙在楊百罌靈力的催動下，化成一道銀亮閃爍的光芒，下一秒轉成落雷，轟然擊中桂花叢。

阻止不及的一刻目瞪口呆。

我操！結果這兩個才是最衝動的啊！

綠葉和白花登時焦黑一片。

伴隨而來的還有一陣倉皇失措的稚嫩大叫。

「呀啊啊啊！焦了焦了！」

「鬈了鬈了！我的頭髮！」

「被雷劈了劈了！」

「是誰！誰這麼壞？怎麼可以那麼壞啊！」

幾名小小身影平空從桂花叢裡跳了出來，她們慌慌張張地摸著自己的頭髮，拍著身上的衣服，再淚眼汪汪地看向了一部分焦掉的桂花。

柯維安只覺心臟強烈緊縮，呼吸也跟著變得不順暢。他摀著胸口，一副快要昏倒的模樣。

「你怎麼了？」一刻狐疑地問。

「我……我覺得……」柯維安虛弱地說，「我快要升天了……」

「啊？」

「幸福到快升天了啊……」柯維安眼眶含淚，「甜心，我的面前有四個小蘿莉……有四個活的小蘿莉啊啊啊！」

「你還是升天去吧。」一刻冷酷無情地說，果斷地將目光從柯維安移到了前方。

正如柯維安所說，從桂花叢裡跳出來的，是四名看似五、六歲的小女孩。頭髮顏色不一，但眼眸皆是偏淺的紅色。她們頭戴桂花編成的花冠，手腳繫著花環，穿著白衣服、赤著腳，個個都稚氣可愛。

讓人想不到她們居然會是傳說中的不可思議。

四個小女孩心痛地看著大半被銀雷劈得面目全非和被長刀削掉一大截的桂花叢，接著氣鼓鼓地怒瞪向凶手，瞪大的眼睛裡蓄著的淚水看起來隨時會掉下來。

「壞人！」

「過分！」

「欺負我們！」

「我們可是了不起的不可思議！」

「嗚喔！好好好好萌啊！萌到我快不行了……」柯維安這次不摀胸了，改摀鼻子，他怕會忍不住噴出鼻血。

「我們本來就萌！」四名小女孩得意地扠腰挺胸。

「對對對，超萌的！」柯維安顧不得流鼻血的可能性，忙不迭用力鼓掌。

聽見掌聲的四張小臉蛋有志一同地轉向聲音來源處，然後再露出了一模一樣的嫌棄表情。

「變態。」

「不帥。」

「好矮。」

「頭髮好亂。」

連挨四箭的柯維安差點跪地。頭髮天生自然鬈怪他嗎？而且他明明就不變態啊，為什麼紳士總是無法被人理解？

這廂柯維安捧著一顆破碎的心，那廂蘇染與楊百罌冷漠出聲，聲音裡像摻了冰碴。

「把剛剛說的話收回去。」

「否則不客氣。」

這畫面落在一刻眼中，讓她忍不住產生了大人欺負小孩子的錯覺。

小女孩們更生氣了，她們跺著腳或揮舞著小手，「妳們壞，是妳們亂破壞我們住的地方！我們說說又沒怎樣，我們又還沒去做！」

最後的一句話，讓一刻等人——包括沉迷在小女孩萌力中的柯維安——猛地一驚。

「還沒去做是什麼意思？」一刻沉下臉質問著。

凶惡的表情和吃人般的眼睛，讓小女孩們忍不住瑟縮了下，同時也反應過來自己說漏了什麼。她們迅速摀著嘴巴，淺紅色的眼睛警戒地瞪著一刻等人。

「那些被點名的學生，他們碰到的惡作劇是妳們去做的？」即使小女孩們不說，蘇染還是能夠猜得出來。烙著赤紋的長刀回到她的手上，刀尖拄地，一身氣勢凜冽逼人。

「所以根本不是什麼預知。」楊百罌捏住了新的符紙，銳利的目光盯住了那四道小小身影，「妳們一直待在利英，會知道學生的名字很正常。妳們故意說出名字和關鍵字，然後再去親自執行，妳們爲什麼要這麼做？」

「我們、我們……」小女孩們臉一白，沒想到眞相這麼容易被揭穿。她們心虛地游移著眼神，或是對戳手指，看天看地，就是不看一刻他們。

「妳們怎樣？還不快說！」一刻沒了耐心，口氣變得越發粗魯，加上本來就嚇人的眼神，登時嚇得四名小女孩不禁驚恐地「咿」了一聲。

率先承受不住壓力的藍髮小女孩像倒豆子般吐出話，「我們想當最有名的不可思議啊！要有名，就要學生更知道我們的存在！」

有了第一人開口，接下來其他三名小女孩也嘰嘰喳喳地忙著為自己辯解。

「才沒有做大壞事！」

「只是小小小惡作劇！」

「不然會沒有名氣的！」

「沒名氣就比不上其他不可思議……」

「沒錯沒錯，才不要呢！」

「妳們還自認為很有道理？」楊百罌冷若冰霜地說。只要想到自己的戀情很可能會被這幾個小女生破壞，就讓她難以平息心中的怒意，「做錯事還不反省？」

「很顯然，得要有人教教妳們『反省』兩字怎麼寫了。」蘇染接著說下去，那雙淺藍眼瞳寒澈得像冬季嚴冰，凡是視線掃及之處，皆能讓人感受到寒氣上湧。

四名小女孩心生怯意，她們不由自主地往後退了幾步。

隨後四人戰戰兢兢地舉起雙手，居然是一併在胸前比了愛心的手勢。

除了柯維安熱切歡呼之外，一刻、蘇染和楊百罌，皆是對這姿勢無動於衷。

小女孩們不敢置信，「竟、竟然連我們賣萌也沒用……」

「賣個屁啊。」一刻嗤笑。她以前幾乎天天看織女在賣萌，早就練成了極高的抵抗力，「帝君在哪裡？告訴我們他的下落，不然妳們就有苦頭吃了。」

「什麼!?」小女孩們大吃一驚，驚慌立刻轉爲深深的警戒，「所以你們是想來跟我們搶帝君的？想都別想！帝君最喜歡的就是我們了，其他不可思議都比不上我們，更不用說你們這些人！」

「而且你們竟然不覺得我們萌……不覺得我們萌的人都是壞人，壞人就該打倒！」

「別跟他們廢話了！姊妹們，打倒這些壞人！」

「說的對，打倒他們，讓他們去跟其他學生哭著說我們好可怕，然後讓帝君誇獎我們！」

四名小女孩眼中瞬間浮上蓬勃戰意，她們握緊小拳頭。

一刻聳聳肩膀，從並蒂蓮那邊她就學到了一件事——不可思議基本上是不聽人講話的，面前的這幾隻看樣子也是一樣。

「蘇染、楊百罌。」一刻說，「一人負責一隻吧。」

「啊，小白！我自願申請——」柯維安霍地舉高手，「退出戰場！要跟這麼可愛的小天使打，我做不到，我的良心會痛啊！」

「媽啦，你痛死算了。」一刻朝柯維安豎起中指。

不管那個因爲敵人長得太可愛，所以無法拿出戰鬥力的同伴，一刻張手召出了自己的白針，與蘇染、楊百罌一步步往前逼近。

「小白加油！小白加油！」柯維安雖說沒上場，但還是很努力地爲同伴們聲援。只是下一秒，就聽見他喊，「小天使加油啊！千萬不要輸啊！」

而且聲音比起剛剛更響亮、更賣力。

幹，好想揍人……青筋在一刻額角跳動。彷彿感受到這般火大的情緒，本來只在左手無名指上環繞的橘色花紋倏地擴展了領域，立時延伸至手腕處，有如大面積的刺青。

小女孩們直到這時才眞正注意到蘇染和一刻臉上、手上的奇特紋路。她們瞪大眼睛，齊齊倒吸了一口氣，似乎終於意會過來，除了狩妖士之外，她們還要跟什麼人打。

神使！

然後——

四名小女孩不約而同地停下動作，哇哇大哭起來。

「帝君救命！」

「嗚哇哇！帝君救命啊！」

這措手不及的發展讓一刻他們懵了一下，就好像蓄好的勁道打上了棉花一樣。

而目睹此景的柯維安簡直心疼死了，「啊啊，小天使們別哭啊！來我懷裡哭吧，大哥哥的胸膛借妳們趴！」

「喔？你說，想對她們做什麼啊？」一道低沉、富有磁性的男人嗓音冷不防響起。一隻褐色的手同時從後落至了柯維安的肩膀上，五根手指修長有若藝術品。

柯維安慢慢地扭過頭，接著換他驚悚地倒抽了一口冷氣。

映入柯維安猛然瞪圓的眼睛裡的，是一名高大挺拔的褐膚男人。

他的一頭黑色長髮紮束成高高的馬尾，髮絲末端挑染著艷麗的金色。裸露在外的結實小臂上，攀爬著深青色的刺青。他嘴角微挑，一雙丹鳳眼似笑非笑，性感英俊，宛如會行走的人形費洛蒙。

同爲同性，柯維安也感覺到自己的心跳好像亂了幾拍。

被嚇的。

就算之前已經看過照片，可是當自己性轉版本的師父活生生出現在眼前，柯維安的雙腿還是差點要一軟。

啊啊啊啊！近看更有魄力更嚇人啊啊啊！

「師……師父……」柯維安乾巴巴地擠出聲音。

「師父？我可不記得我有收過你這個徒弟。」在森羅小世界成爲男性的張亞紫漫不經心地說，他收回了手，越過柯維安往前。

柯維安還是撐不住地跌坐在地，從對方話語中深刻地感受到一件事——他的師父，眞的失憶了。

不曉得這時候趁機打他有沒有機會？

前頭的褐膚男人霍地轉過頭，一雙眼睛銳利得像能洞穿柯維安的一切想法。

娃娃臉男孩被嚇得險些驚叫一聲。

張亞紫像是覺得有趣地哼笑一聲，隨即視線落至對方的背包上。他眉梢略略挑起，手一抬。

「我的心肝！」柯維安慌張地發現自己的筆電從背包內自動跑出來了，就飄浮在半空中。

張亞紫手指又一動。

筆電金光驟放，一支巨大、筆尖還染著金墨的毛筆霎時從螢幕裡脫出，溫馴地飛到了張亞紫手中。

筆電頓時像失去浮力，直接往下掉。

假使柯維安沒有及時飛撲出去、接殺成功，他的心肝筆電就要重重摔在地上了。

「師父！那是我的毛筆啊！」柯維安抱著筆電，焦急地大叫。

「既然你說你是我徒弟了，那麼這支筆就給師父用用吧。」張亞紫輕而易舉地將柯維安的武器拿走，在小女孩們激動的眼神中，緩緩走向了她們。

站在「花園裡的竊竊私語」之前，張亞紫轉過身，他的站姿隨性，卻又令人充分感受到濃濃的威脅與危險性，就好像面前站的是凶猛至極的猛獸。

「你們不是一直想見我？還不斷地、不斷地打擾我的小可愛們。」張亞紫說，「現在，我出來了。」

「不、不是吧，師父……」柯維安結結巴巴地說，「你真的是利英的第七個不可思議啊!?」

「等等，眞的假的？」一刻愕然地說，「你是怎麼判斷出來的？」

「因爲、因爲……」柯維安吞了吞口水，「在碰上前幾個不可思議的時候，我們根本沒提過要找我師父，但師父又說我們一直想見他，還不斷地打擾其他不可思議。而我們那時候想見的，不就是……」

第七個不可思議。

張亞紫懶散地點了點頭。

「什麼！」就連戴著花冠的小女孩們也一臉震驚，「帝君就是我們全部人都不曉得是什麼的第七不可思議？眞的嗎？」

「眞的啊。」張亞紫對小女孩們說話的時候，語氣放得溫柔許多，「小桂花們先乖乖去躲好，乖乖聽話才會有獎勵呢。」

四名小女孩捧著酡紅的小臉蛋，眼冒愛心地注視了張亞紫好一會，接著四道人影陸續消隱。

這處空地頓時就只剩下張亞紫和一刻他們了。

「好啦，你們怎麼欺負我的小可愛們，我就怎麼欺負你們了。」張亞紫露出令人想到肉食性猛獸的笑容。

柯維安像被掐著脖子似地發出呻吟，「不是吧……師父你是認真的嗎？」

「我看起來不……」張亞紫話聲驟然一斷，饒富興趣地轉頭看向另一邊。

有複數的腳步聲正朝這個方向快速傳來。

很快地，四道人影出現在社團教室後面。

「宮一刻！花園裡的竊竊私語是……」蔚可可聲音戛然而止，一雙小鹿般的眸子瞪得又圓又大，她呆然地看著站在一刻等人身前的挺拔身影，「帝、帝君!?」

蘇冉、夏墨河與理華，也震驚地停下了腳步，他們看著明顯呈現對峙狀態的兩方人馬，不明白怎會變成如此發展。

「你們也認識我？」張亞紫的目光慵懶地掃了過來。

「帝君你眞的失憶了？不記得我們了？」蔚可可驚呼，「不對，帝君你們現在到底是……」

「可可，我師父就是利英的第七不可思議……妳還眞的猜對了啊！」柯維安痛心疾首地喊，「他現在怎麼看都是站我們的對立面！」

「欸!?」蔚可可難以置信地拉高嗓音，「騙人！」

「放心，像妳這麼可愛的女孩子，不會騙妳的。」張亞紫的嗓音低沉性感。

蔚可可的心跳控制不住地亂了好幾拍，臉頰也飛上紅暈，緊接著她霍然從美色中清醒過來。

不對啊，帝君說這話的意思不就是……

「我們……」蔚可可艱困地擠出聲音，「要跟文昌帝君打？開、開玩笑的吧？」

沒人出聲反駁蔚可可的話，因爲這已經是明擺著在他們面前的事實了。

利英的第七個不可思議——失去記憶的文昌帝君。

「啊哈哈……」柯維安乾笑，「我還打不了呢，我連武器都……」

蔚可可、夏墨河、蘇冉和理華的視線不約而同地落至了被張亞紫持握在手中的巨大毛筆。

「一刻，現在？」蘇染簡潔地問。

「還能怎麼辦？」一刻覺得這估計是她今年碰到最荒謬的事了，他們一群神使居然要跟文昌帝君對抗？她言簡意賅地說，「打啊。」

所有人就像在等著一刻的指令，當她那兩字一落下，他們二話不說地喚出了各自的武器。

夏墨河手纏白線。

蘇冉與蘇染持握著烙有赤紅花紋的長刀。

蔚可可拉弓搭弦，碧箭閃耀著利光。

楊百罌指間出現多張黃符。

理華周身平空湧動水流。

一刻緊握住自己的白針。

柯維安幾乎是屏住呼吸地看著接下來的一幕——

五名神使、一名狩妖士，和一名小無名神，一塊圍攻向最前方的高大身影。

但，所有攻勢在面對壓倒性的絕對力量之前，如同蚍蜉撼樹。

張亞紫只是往前踏出一步。

神威一開，無人可擋。

驚人的威壓瞬間逼得所有人再也前進不了，即便是身為半神的一刻也難以抵抗。

「真有趣。」張亞紫懶洋洋地笑著說。他手持毛筆，彷彿隨意般往空中一畫。

璀璨的金色在半空化為金粉。

張亞紫舉起手，朝前輕輕吹了一口氣，金粉化成金色風暴，肆虐向前方。

除了一刻以外，眾人皆被衝擊得站不住身子。

憑靠著半神的力量，白髮少女勉強撐住自己。她拄著白針，盡力讓自己站穩。可僅僅如此，就花費了她巨大工夫。

更別說是上前展開攻擊了

快想辦法、快想辦法……宮一刻，快想啊！一刻在心裡對自己吼道。倏然間，一些之前沒被留意到的微小異樣，猛地浮現在腦海中。

如果帝君的事真的十萬火急的話，開發部怎麼會趁機把柯維安丟到三年級大樓的男廁，讓他被阿飄操控作爲報復？

又怎麼會讓理華落到體育館的泳池，直接被並蒂蓮綁架？

還有蘇染、蘇冉和楊百罌的失憶，這個設定不是只會讓尋人任務更慢幾拍嗎？

種種跡象都顯示出——公會的人對於尋找帝君的事，根本不著急。

而且，紅綃還說女孩子比較能討帝君歡心。

既然如此，爲什麼只有她在森羅裡被變成了女的？照理說，不應該連柯維安、蘇冉跟理華，也都一起變嗎？

偏偏只有她。

會這麼針對性以自己爲目標的，一刻只知道某個人。

就好像齒輪卡到了正確位置，電光石火間，一個人名躍跳了出來。

那個該打屁股的臭丫頭！

一刻深吸一口氣，然後抬頭暴喝一聲。

「織女！妳他媽的玩夠了沒有——」

隨著那句怒吼響徹雲霄，圍繞在一刻等人身邊的壓迫感剎那間消失得無影無蹤。

眾人驚愕萬分地看向一刻，又看向解除神威的張亞紫，一時陷入了茫然，不明白眼下究竟是什麼情況。

下一秒，惋惜的嗓音自空中落下。

「咦？怎麼那麼快被發現了？妾身以為還能再多看一會呢。」

當聽見小女孩清脆悅耳的嗓音響起，柯維安瞬時如醍醐灌頂，將所有來龍去脈都搞清楚了。

織女大人？玩？這不就表示……

「師父，你根本沒失憶！」柯維安失聲喊道：「這是你們搞出來的一齣戲！」

聽見柯維安喊聲的其餘人猛地也回過神來。

「什麼？什麼？」蔚可可張口結舌地看著傳出再熟悉不過聲音的天空，再看向恢復一派悠閒的張亞紫，那雙墨色眼眸內不再帶著疏離和陌生，「帝君你……你沒失憶？沒忘記我們？」

「別擔心，像可可這麼可愛的女孩子，我可不會忘記。」張亞紫調笑地說道，隨手把毛筆往柯維安一扔。

柯維安手忙腳亂地抱住毛筆，隨後才想起自己不抱也沒關係，讓它散成光點就行了啊。

蔚可可被這突如其來的轉折弄得呆然。

相較之下，其他幾人卻是飛快反應過來——張亞紫的態度，織女聲音的出現，這些都足以說明一切了。

最開始，帝君被困在遊戲就是一個謊言！

「行了，小朋友們，我知道你們有很多問題，不過可以回去再說。」張亞紫一開口，就把眾人的注意力拉至自己身上，他一彈指。

還沒等一刻等人意識過來，他們眼前便乍然一黑。等到視野再度回復清明，四周已經發生了截然不同的變化。

學校消失了。

夜色也消失了。

一刻他們正坐在椅子上，身處在神使公會的開發部中，貼附在他們皮膚上的紅色絲

線眨眼隱沒。

開發部的成員不知何時退離了，只有蔚商白、紅綃與安萬里，在這個空間待著。

見到熟悉的人與熟悉的景象，一刻這才反應過來，他們回到現實世界了。他反射性低頭看向自己的胸，是屬於男人的平坦，就連胯下也沒有少了什麼的感覺。

一刻鬆口氣，他還是男的沒錯。

「媽的，這到底是怎麼回事？」一刻按著還有些隱隱作疼的太陽穴，目光卻是凶狠地瞪向公會的兩名幹部。

「還能有怎麼回事？」趾高氣揚的稚氣聲音伴同著開門聲響起。

據說是張亞紫和森羅主機所在地的房間，被人氣勢十足地從內推開門，一名穿著滾邊小洋裝，留著一頭烏黑長髮的小女孩從裡頭走了出來。

小女孩容貌精緻，舉手投足散發著一股與生俱來的傲氣與貴氣。而在她的頭頂上，赫然還趴著一個只有巴掌大小的細辮子少女。

「織女！喜鵲！」一刻一見來人立即氣得牙癢癢的。

「白毛，你真是太失禮了，居然那麼早就破壞織女大人的樂趣。」喜鵲嫌棄地說。

「屁個樂趣！」一刻不客氣地朝喜鵲豎起中指，再惡狠狠地瞪住了織女，「妳剛話還沒說完，什麼叫還能是怎麼回事？給老子說清楚！」

「嘖嘖，一刻，你沒發現今天是什麼日子嗎？」織女舉起食指，一副孺子不可教的口氣，「太讓妾身失望了。」

「什麼日子？我哪知道我們進去後過了幾天？」一刻不爽地說。

「事實上，過了一天。」蔚商白說，「今天是四月一號，宮一刻。」

「喔，四月一……我操！」一刻霍地領悟過來。

「不就是愚人節嗎？」蔚可可驚詫地嚷，「咦咦咦？所以今天是愚人節？」

「就是這樣哪。」另一道沙啞女聲傳出，織女剛走出的房間裡，又有一抹高挑褐膚人影緩緩踱步而出。

「師父！」柯維安以最快速度掃視完張亞紫的全身。

太好了，是女性版的師父。

「總之，感謝你們一起參與遊戲啊。森羅小世界好玩嗎？」張亞紫似笑非笑地說。

「扣除掉被騙的部分，是還不錯。」夏墨河坦率地發表感想。

「吾不明白。」理華嚴肅地說，「爲何要大費周章矇騙我們？理花大人知情嗎？」

「理花當然也知道啦。」織女得意地說，「妾身可是聯合了文昌和公會的人，一起弄了這個愚人節驚喜呢。唔，順便也測試一下森羅的運行，沒想到眞的不小心把瘴給拉進去了啊。」

「幹，驚嚇還差不多吧……」一刻倒回椅子內，伸手抹了把臉，「爲什麼非得又讓老子變女的不可？」

「一刻，你要體諒妾身想念女兒的心情呀。」織女義正辭嚴地說。

前世是織女女兒的一刻不想說話了。

「附帶一提，你們在森羅裡經歷過的大部分，扣掉隱私，都被播放出來了。」蔚商白的語氣裡有一絲對一刻的同情，「織女大人還截了不少圖。」

一刻用腳趾頭想就能知道織女截了什麼圖，肯定都是他的性轉。

總算又回過神的蔚可可發現到，蘇染、蘇冉還有楊百罌，在聽見「截圖」時，眼睛都閃過光芒，簡直像餓了幾天突然見到肉的猛獸一樣。

啊，織女大人估計又能收到很多作爲賄賂的布丁了吧……

「讓小白變女的是織女大人的興趣的話……」柯維安忍不住舉起手發問，「那師父妳爲什麼要變成男的啊？還有老大跑去哪了？怎麼沒看到他？」

「十炎覺得看實境秀太無聊，他說他寧願看他的夢夢露。」安萬里微微一笑，爲後一個問題做了解答。

張亞紫懶洋洋地回答了第一個問題，「說什麼傻話呢，維安小子。你師父本來就可以是男的，也可以是女的，只是平常更習慣現在的姿態罷了。倘若你想……」

「不不不，我不想！一點都不想的！」柯維安惶恐地猛搖著手，像是深怕自家師父眞的現場來個性轉，他連忙轉移了話題，「那些不可思議又是怎麼回事？紅綃妳居然會願意讓那些女生接近我師父？」

「呵。」紅綃掩嘴輕笑，「奴家當然不會讓奴家以外的人接近帝君的。」

安萬里一揚手，開發部裡瞬間出現多道半透明人影。有高有矮，年紀有大有小，赫然就是利英高中裡的五個不可思議。

只不過她們現在就像是無神的人偶，一動也不動地佇立著。

柯維安後知後覺地發現到，所有女性不可思議都是一雙淺紅色眼睛——就和紅綃一

模一樣。

他張了張嘴巴，一個猜測控制不住地衝出來，「不是吧？那些其實都算是妳的分身!?」

開發部部長得意的笑容說明了答案，換她一揮手，那些虛擬人影頓時消失。

「等等，老子還有一個問題。」一刻皺著眉，伸手指向蔚商白，「你們沒讓他進去森羅的原因，眞的是因爲客滿了嗎？」

「當然不是啦。」織女承認得理直氣壯，「阿白太聰明了，萬一他跟著進去，很快就會發現自己被騙了。」

「靠杯啊，妳當蘇染他們就不聰明嗎？」一刻沒好氣地質疑。

「妾身知道小染他們聰明呀，但是小染、阿冉，還有百罌的注意力會擺在你身上。墨河剛回國，和文昌還不熟悉，不會注意到不對勁的。」織女扳著指頭，振振有辭地說，「理華也不可能懷疑理花的指示。」

一刻張著嘴，還眞找不出話來反駁。

織女像是對這話題沒了興趣，她擺擺手，「哎呀，一刻你好囉嗦，囉嗦的男生會不受歡迎的。妾身肚子餓了，快點去吃飯、去吃飯。文昌一起來啊，妾身連理花都約好了。」

「囉嗦妳老木啊！老子什麼都還沒說吧……嘖，吃什麼吃，妳都胖了還吃？」

「胡說，妾身明明苗條得不得了，也沒有小肚子！」

「織女大人說的都對，白毛你不准反駁！」

在織女的號召下，一群人浩浩蕩蕩地走出了開發部，就連紅綃也掩著嘴打了一個呵欠，準備回房抱著張亞紫的等身抱枕補個眠。

蘇染與楊百罌不自覺地放慢腳步，和大家拉開距離。殿後的她們不約而同地頓了下步伐，齊齊回頭向後看。

還留在開發部裡的安萬里對著兩名女孩子露出溫和的笑容。

「隨時歡迎妳們再來，帶著小白。」

他舉起食指，置於唇邊。

「我會替妳們保密的哪。」

尾聲

手機忽地響起，一刻看著螢幕上面跳出的「蘇染」兩字，直接按下了接聽鍵。

「喂？蘇染，什麼事？」

「一刻，你現在有空嗎？能出來嗎？」

「嗯，當然可以。地點給我吧，妳和蘇冉又要做什麼了？」

「不是和蘇冉，是和百罌，想找你陪我們一下。」

「楊百罌？她現在跟妳在一起……喂？喂？」

一刻還沒問清楚，蘇染就已結束通話。他納悶地瞪著手機，不由得想著眞難得，這兩名女孩子居然會湊在一起？

另一邊，站在人行道上的蘇染收起手機，朝身邊的楊百罌點了點頭。

兩名風格迥異，但氣質出眾的女孩子成爲街頭一角的亮麗風景。

對那些投注在自己身上的目光視若無睹，楊百罌說，「萬里學長那邊也確認好了，就等我們帶小白過去。」

「我很期待。」蘇染嘴角彎出淺淺的笑弧。

「我也是。」楊百罌握緊手機，手機裡有一封訊息是安萬里傳來的。

森羅世界已經爲妳們開啓。

這一次，就只有他們三個人。

《夢的覺醒夜》完

後記

唔啊啊，總之各種極限地……寫完了！

五、六月一直在跑大醫院啊，身體出了些問題，但還檢查不出原因。希望「夢的覺醒夜」上市的時候，狀況能有明顯的好轉（合掌祈禱

這次依舊是大玩性轉梗，性轉帝君一直是我的夢想，當初在設想的時候，就是攻氣十足的霸道帝王模式（誤

所以也讓帝君變相地在森羅小世界裡開了後宮！

另外，又讓一刻跟著性轉的最主要原因，其實是我想寫女孩子間的親密互動，然後看一刻傻在當場，想著女生怎麼會是那麼奇妙的生物啊XDD

恭喜小染和百罌在這裡面也達成了各種小動作的成就～

當然，最重要的還有那個人也回來了！

知道你們一直想看夏墨河，這回剛好有適合的劇情，就把我們的僞娘同學給請出場了，依然是閃亮亮的大美人一枚喔。

還有理華，雖然在《神使》裡沒正式出場過，但也是很可愛的角色。他在《織女》系列是小男生，在這邊就長大了一些，成爲美少年啦。

《神使劇場：夢的覺醒夜》也是寫得非常愉快的一集，希望能讓你們感受到裡面的歡樂呢！

附上感想區的QR碼，對於「神使劇場」有什麼想法，都歡迎告訴我。如果你們有什麼妄想想實現的話，也可以在裡面許願喔XD

醉琉璃

神使劇場熱鬧感想區QR Code
歡迎大家上來分享心得唷！

Main Cast

Thanks for reading ♥

國家圖書館出版品預行編目資料

神使劇場：夢的覺醒夜／醉琉璃 著.
——初版. ——台北市：魔豆文化出版：蓋亞文化發行，2018.08
面； 公分.（Fresh；FS159）
ISBN 978-986-96626-1-1（平裝）
857.7 107011594

神使劇場
夢的覺醒夜

作　　者　醉琉璃
插　　畫　夜風
封面設計　莊謹銘
責任編輯　黃致雲
總 編 輯　沈育如
發 行 人　陳常智
出 版 社　魔豆文化有限公司
發　　行　蓋亞文化有限公司
地址：台北市103赤峰街41巷7號1樓
電話：02-2558-5438　傳真：02-2558-5439
電子信箱：gaea@gaeabooks.com.tw
投稿信箱：editor@gaeabooks.com.tw
郵撥帳號 19769541　戶名：蓋亞文化有限公司
法律顧問　宇達經貿法律事務所
總 經 銷　聯合發行股份有限公司
地址：新北市新店區寶橋路二三五巷六弄六號二樓
電話：02-2917-8022　傳真：02-2915-6275
港澳地區　一代匯集
地址：九龍旺角塘尾道64號龍駒企業大廈10樓B&D室
電話：+852-2783-8102　傳真：+852-2396-0050
初版一刷　2018年8月
定　　價　新台幣 220 元
Published and printed in Taiwan

ISBN 978-986-96626-1-1

魔豆

魔豆